U0539023

安德魯·克萊門斯 5

The Landry News

蘭德理校園報

文●安德魯·克萊門斯　譯●黃少甫　圖●唐唐

遠流出版公司

校長好評推薦

（此篇為二〇〇九年初版邀稿）

從這本書中，我們可以看到許多教學理論的實踐，如建構式教學、多元智慧、合作學習、正向思考等的體現。羅森老師透過關鍵的問題提供適切的引導，讓孩子們架構出完全屬於自己藍圖的校園報。在編報過程中，孩子們不斷遭遇問題，尋找可能的資源和方法，嘗試可行的策略，從中獲得真正的成長和問題解決的能力。

此外，最難能可貴的是，此書讓我們了解「自省」的力量。學生卡拉用文章挑戰羅森老師，但在冷靜下來思考文章的適當性並和母親深入對話後學習到：「誠實是好的，讓人知道真相也是對的，但當你要刊載真相，就要確定那裡面也有慈愛的善念，這樣就會無往不利。」而羅森老師也因為懂得自省，誠實面對自己，然後有所改變，才能重塑教室氛圍。

我們要感謝別人給予的回饋，特別是那些我們難以接受的批評指教，這些意見都是我們生命的禮物。如果故事主角沒有試著深入自我反思，試著與自己對話，從中學習最重要的意義與價值，也就沒有接下來的精采內容了。

這是一本適合教育工作者、學生及家長的重要讀物，期待這本書帶給所有讀者不同的觀感及充實的心靈饗宴。

——台北市私立復興實驗高級中學前校長　**李珀**

在閱讀《蘭德理校園報》的過程中，著實欽佩克萊門斯在小說鋪陳時每每創造出峰迴路轉與高潮迭起的效果；不時的又往前翻閱前面章節扣人心弦的地方，甚至再次閱讀前四本小說，這時候閱讀

的感受用「陶醉」來形容是最恰當了。

《我們叫它粉靈豆Frindle》、《不要講話》、《成績單》、《午餐錢大計畫》這四本小說，對於學校的師長與父母都具有啟發性。然而《蘭德理校園報》更擴大其影響層面，也就是它適合所有人閱讀，當然這包含了新聞媒體工作者，不論是平面或電子媒體，如果能堅持真與善的信念來報導與呈現社會現象，我相信大家會對媒體更有信心。

而一份發揮學生集體智慧編輯的班刊，幫助老師重新喚醒對教育的熱忱，教學相長在師生與親子真誠互動之中磨合出來。故事的結尾精彩感人，再一次展現克萊門斯善於以充滿張力的劇情鋪陳來感動讀者的功力。這是一本值得大家用心閱讀的書。

——桃園縣武漢國小前校長 **胡淑貞**

閱讀《蘭德理校園報》一書，我充滿著驚奇、欣賞和感動。安德魯・克萊門斯把教室內的理念對立，運用慈愛的善念來解決，讓對立和衝突透過事實的舉證，形成善意的對話和說明；讓整個學校、家庭和社區能共同支持孩子的學習和探索。

台灣的小學校園，相對來說比較權威，也比較說理，孩子的思考和判斷容易受到教師和父母的引導和糾正。因此，我們的課堂和日常對話，經常出現指示與命令，所謂的好與壞，也常常出現是非題的對立，而不是解決問題的兼容和並蓄。

相對來說，《蘭德理校園報》裡的學校，重視接納和陪伴。面對衝突，他們會接納對方的狀況，也迅速的察覺自己的情緒，會用問句的方式，探詢彼此的意見。卡拉的媽媽是，羅森老師是，邦斯校長是，喬伊等同學也是。他們透過探索的方式，讓信念與行為訴諸程序，也訴諸價值與公義。

台灣校園正在流行媒體識讀教育，《蘭德理校園報》正可以提供老師和小朋友在面對電子和平面新聞時，具備媒體素養的參考準則，並幫助孩子們理解言論自由與人權保障的內涵。

——國小退休校長　**潘慶輝**

三、四十年前，台灣的聯考作文題目有一次是「假如教室像電影院」，曾轟動一時，大家開始注意到多元教學的重要。《蘭德理校園報》的出版，不禁讓我聯想到：「假如教室像報社」。這本書在在突顯公理、正義、良善的價值，並敘述教與學的互動歷程，以及報紙誠實、公平、真、善的客觀引導。

書中不僅落實了「生活即教育」、「教育即生活」的教育哲學觀，也建構起親師互信的氛圍，並提醒老師、家長應該耐心等待孩子的學習成果，讓他們在像羅森老師提供的多元教室情境中，耳濡目染地觸動個人潛能。另外，書中還從老師的角度，看到老師的熱忱是需要被鼓勵的。而在強調媒體正向報導的重要性上，也不禁令人思考，若所有的媒體記者、編輯、主編、製作人等，都有上過類似羅森老師的課，相信呈現出來的作品應該會有所不同。

假如教室像報社，卡拉創辦《蘭德理校園報》在台灣可能實現嗎？老師、父母、孩子、媒體朋友，我們都做好準備了嗎？

——台北市私立靜心國民中小學退休校長　簡毓玲

教師熱情讚譽

（此篇為二〇〇九年初版邀稿）

如果您是一位教育工作者，您還記得自己剛步入校園的教育初心嗎？還是已經慢慢的習慣將教育視為一份工作，那份熱忱、那份教育之愛的初衷已經漸漸式微，正因為這只是一份工作。

這是一本您我必備的書籍，充滿哲學與生命教育的對話。並非只有學生需要成長，老師、家長更是需要。身為孩子學習的領航員，您我都有責任與他一起同行，畢竟孩子的成長只有一次，無法重來！

在教學的舞台上，孩子是我們最忠實的觀眾，正因為如此，我們沒有怠惰的藉口。別讓孩子失望！

——嘉義縣大同國小教師　王吉仁

當校園成為報導的場域，當學生成為主編、記者，你能想像會有什麼樣的題材產生？在一四五號教室裡，由學生主編的班刊《蘭德理校園報》像一條幽微的隧道，連接喪失教學熱情的羅森老師與渴望學習的學生卡拉。在這份班刊裡，出版自由、報導立場、文章選用的尺度被熱烈討論著，羅森老師的熱情重新被點燃了。在《蘭德理校園報》這個私人民主實驗室中，老師與學生正著手進行一場大膽而創新且深見人性溫度的實驗。

如果你翻開第一頁，那麼不論你的手正在為工作或課業而忙碌，你的另一隻手，一定捨不得放下《蘭德理校園報》！

——花蓮縣瑞美國小教師 **王麗櫻**

看了這本書，讓我回想起高中時的一位地理老師。她總是唸著一課又一課的課文，與學生幾乎沒有互動和交集。有一天，我再也忍受不了這樣的上課方式，便舉手問說：「老師，你有沒有想過，為什麼每次上你的課，同學都在做別的事，沒有人聽你上課？」那位地理老師氣得說不出話，而我差點因「忤逆師長」被記大過。

多年以後，我從學生變成一位國小教師，在我的教學生涯中，時時提醒自己要做一位專業且教學認真的老師，但是繁雜的課務，加上教學現場的許多狀況，有時真的會一點一滴澆熄當初的教學熱忱。而《蘭德理校園報》不但讓我重新燃起對教書的熱情，也讓我對當年的地理老師事件及台灣的教育制度重新省思。

這是本值得推薦給學生、家長、老師及台灣新聞媒體的好書。它讓學生透過新聞的產生過程，培養對周遭事物的觀察與判斷力，同時了解在團體中分工合作的可貴；讓家長們了解當自己孩子碰到類似的狀況，可以有哪些方式協助引導孩子去解決問題；讓老師們重新審視自己的教學，跳脫傳統台灣教育制度的窠臼；讓台灣的新聞媒體不再充斥著扭曲煽情的報導，而是以真與善為出發點。

——台北市明湖國小教師　吳芊芊

這是個發生於教育現場的衝突事件，也是一個關於「真與善」的故事，全書無教條式的宣達，卻能深深打動你我的心。

書中處處可見兒童本性的純真與慧黠對比、成人世界的正義與自私衝突，故事轉折分明、出人意料，讀來卻是一氣呵成。

若以此書對照台灣基層教育環境的衝突現場，不管你是感嘆不被父母師長了解的青少年、困惱於工作環境的教育從事人員或對教育品質充滿憂心與不滿的家長，透過克萊門斯筆下的美國教育現場，以及書中充滿戲劇張力的故事橋段與角色心理描述，相信將會有更深的體悟，同時也能在心中對教育重新燃起一股希望與期待！

——新北市重陽國小教師 李礽夏

《蘭德理校園報》是這學期讀書會傳閱的校園小說，一拿到書冊就忍不住一口氣讀完。讀到故事結尾，既擔心羅森老師面臨的危機，又感動於全校師生及家長所展現的互助互愛與互信，讓身為小學教師的我也為這師生情誼感到動容。書中所發生的故事和現今的校園生活經驗相連結，很能引起小朋友和教育人員的共鳴。

透過閱讀本書讓我重新檢視自己擁有的夢想，而「用心」更是讓夢想前進的動力。這就是作者想呈現給讀者的吧！

——新北市光華國小教師 李娟英

當你看到或是聽到學生批評你，你會有怎樣的反應？暴跳如雷、破口大罵外加特別的家庭訪問，還是你早就習慣了？當你討厭一位老師，你會用怎樣的方式表達？與同學私底下竊竊批評、上課神遊、充耳不聞，或者你有勇氣用筆桿寫下建議呢？

看完這本書，讓我不禁思考像我這樣的一位老師，是否有羅森老師那樣的智慧面對卡拉這樣的孩子？是否能讓孩子實際印證言論自由的可貴？甚至有捍衛自己思想的勇氣？換個角度，當我是學生時，我是否有卡拉的勇氣，面對權威的大人體制，甚至以行動表達我自己的看法，突破既有的框架？

看看這本書，或許能找到你要的教學熱情與突破自我的勇氣。

——台北市芝山國小教師　林佳樺

家庭是一個網，一有風吹草動，整張網都在震動；學校也是一個網，一有奇聞異事，整張網都在傳播。家庭和學校兩張大網原本互不相干，但大風一吹就會纏繞糾結，千絲萬縷，不知從何解起。

《蘭德理校園報》的主角卡拉是一個陷在網中的孩子，父母分居，家庭的網被戳破一個洞，她的心彷彿被打碎，片片掉落在學校的網上，落到了《蘭德理校園報》雪白的紙上，試圖尋找另一種完整。然後她遇到了羅森老師，一位對教育喪失熱情，心也刻印著裂痕的老師。他們從對立到相知相惜，在彼此身上看到了自己的影子，看到了不完整與缺憾。他們發現，只要懷抱希望，選擇做對的事情，即使是支離破碎的網都有它的韌性，都有修補完好的一天。

於是，家庭的網和學校的網緊緊纏繞，彼此依靠，填補空缺。這張一加一的大網，安全而溫暖。

——新北市溪洲國小教師　**林珮熒**

閱讀安德魯的系列書有一種快感。身為現職教師的我，對於故事中羅森教師的教學理念：「孩子靠自己學習的時候，總是學得最好。」十分感同身受。

書中看似不適任的羅森教師只從生活中不斷提供資源、書籍給學生，就放手讓孩子去做學習的選擇，他相信「興趣是最好的老師」。而故事中的卡拉則有著一股勇氣，她將事實轉為文字，並訴求真與善。

我們的孩子都很聽話，卻沒有勇氣和信心表達自我。希望藉由此書的感染，試著放手讓孩子做自己的主人吧！這本書真的值得任何政客、記者、教育者和孩子閱讀。

——新北市積穗國小教師 許如妤

這是一本讓人一打開後就忍不住要一口氣讀完的好書。書中藉由卡拉自製一份校園報紙衍生的一些連鎖反應，編織出扣人心弦的情節，讓學生能從中習得媒體的真正意義，並能獨立思考、批判媒體所報導的內容。在這資訊泛濫、八卦充斥的時代，《蘭德理校園報》確實是一個教導學生正確判斷媒體資訊的輔助教材。

從羅森老師的反思中，我們看到一位教學熱忱幾乎消失殆盡的老師又重新尋回工作上的熱情，這讓我有一個深刻體認——一位肯反思的老師，能夠帶著學生走出成長的陰霾，也能讓自己成長！

——新北市網溪國小教師 **劉慈萍**

美利堅合眾國憲法　第一修正案

國會不得制定有關下列事項之法律：確立國教或禁止宗教自由；剝奪言論自由或出版自由；剝奪人民和平集會及向政府請願申冤的權利。

1 當「新」生遇上「老」師

「卡拉，我在跟妳講話耶！」

卡拉・蘭德理沒有搭理她媽媽，因為她現在很忙。

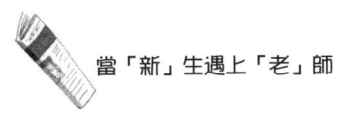

她坐在廚房的灰色折疊桌前，桌上散著一堆碎紙片。卡拉正試著用一卷透明膠帶把紙片重新拼回來。小紙片一片一片的被黏到一張大約四十五公分寬的白紙上。最上方已經看得出一些樣子了，那是一排黑體字，是仔細模仿報紙標題所寫出來的。

「卡拉寶貝，妳保證過不會再這樣的。上次難道沒讓妳學到半點教訓嗎？」

卡拉的媽媽說的是卡拉四年級時發生在學校的那些事，就發生在她爸爸離開之後，而且那些問題持續了好一陣子。

「媽，別擔心啦！」卡拉心不在焉地說，她很專心在工作。

卡拉・蘭德理到開爾頓才六個月。她在四年級那年的四月搬來這個鎮上，打從第一天起，就沒有一個人注意到她。其他孩子覺得卡拉就是那種腦筋好、不愛講話、按時交作業、考試拿高分的女生罷了，而這種女生很難引人注意。她每天都穿褐色格子裙，搭配著乾淨的白色襯衫，就像教室地磚的花色一樣一成不變。她身高中等、手腳纖細，穿白襪黑鞋；淺褐色的頭髮總是梳在腦後，綁成細細的馬尾；淡藍色的眼珠幾乎不和任何人有目光接觸。就其它的孩子而言，他們知道卡拉的存在，但對她的認識也僅只於此。

但在卡拉升上五年級不久，整個情況在某天下午完全改觀了。

那一天就和在丹頓小學的每個星期五一樣。早上先上數學，然後是自然和體育，午餐後是健康教育，最後是在羅森老師的教室上閱讀課、語文課和社會課。

有些老師總是會惹得家長必須寫信給校長，而羅森老師正是那樣的老師。信的內容大概是像這樣：

邦斯校長，您好：

雖然我們的小孩今年才二年級，不過請您務必讓他五年級時不會被分到羅森老師那班。

我們的律師說，我們有權讓校長知道我們的教育選擇，而且，依法您不能告訴別人我們寫過這封信給您。

因此，最後我們要再次敦請您採取行動，以確保我們的孩子不會被擺進羅森老師的教室裡。

敬祝　教安

住在開爾頓的某某夫婦　敬上

即使如此，還是有學生會被分到羅森老師那班。如果你媽媽總是太累而無力參與家長會或志工隊，如果你總是自個兒跑圖書館或只待在家裡讀書寫作業，那你就很有可能搬來開爾頓半年了，卻依然不知道羅森先生是個差勁的老師。要是你媽媽又不知道要寫信給校長，那你幾乎保證一定會遇上羅森老師。

羅森老師說他信奉開放式的教育。每年九月的親師座談之夜，羅森老師總是這樣解釋：孩子靠自己學習的時候，總是學得最好。

這其實不是什麼新點子。在美國，幾乎每一位老師都已經順利運用了這種學習觀點。

不過，羅森老師有他自己特別的作法。他會用一個故事、一張學習單、一串字詞，或某些閱讀資料來當作一節課的開場，接著他就走回自己的辦公桌，從紅色保溫壺裡倒些咖啡出來，攤開他的報紙，然後坐了下來。幾乎天天如此。

這麼多年來，每天在他的教室裡爆發的那些混亂，羅森老師已經練就不去理會的功夫。除非有人尖叫、弄壞課桌椅，或傳來打破玻璃的聲音，不然羅森老師連看都不看一眼。要是校長或其他老師抱怨他們班太吵，羅森老師會請一位學生把教室的門關上，然後回去繼續看他的報紙。

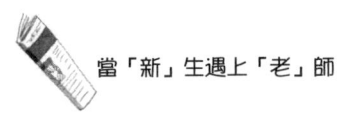

儘管羅森老師已經好幾年不曾照進度上課了，但他的一四五號教室裡，還是進行著不少學習活動。這間教室本身就發揮了很大的作用。一四五號教室就像一條巨大的教學冰河，累積了一層又一層的材料。因為羅森老師總是不停地閱讀，而過去二十年來，他所訂閱或購買的每一本雜誌，全部都留在這間教室裡，像是《時代週刊》、《好主婦》、《美國新聞與世界報導》、《史密森尼》、《蟋蟀少年》、《滾石》、《國家地理》、《男孩生活》、《有機園藝》、《紐約客》、《生活》、《兒童文粹》、《精良木工藝》、《讀者文摘》、《大眾機械》等，還有其他幾十種雜誌。這些雜誌一疊一疊的塞滿了書架，或者是胡亂地堆在教室角落。報紙也都被堆放在窗前，比較新的就堆在羅森老師的椅子旁邊，那一疊報紙幾乎快跟他的桌子一樣高了，剛剛好可以用來放他的咖啡杯。

教室的整面牆壁和好大一片天花板上都貼滿了地圖、過期雜誌封面、剪報、語法分析圖、漫畫、萬聖節裝飾、手繪圖表，再加上林肯的蓋茲堡演說與獨立宣言的摘要，以及權利法案的全文。無論是歷史、文法或文學方面的資料通通放在上面，琳瑯滿目，令人眼花撩亂。

教室的佈告欄就像是一幅大型的時空捲軸，或是一張凹凸不平的七彩拼貼畫。每當羅森老師看到一些有趣的文章、海報或插畫的時候，就會把它釘上去，他也總是鼓勵學生這麼做。不過，過去這八到十年來，羅森老師都懶得把這些舊的剪報撕下來，就直接貼上新的資料。每隔幾個月，尤其是遇到天氣溼熱的時候，那些紙加起來的重量就會漸漸超出釘書針的負荷，然後，那一整疊剪報就慢慢地掉下來，去跟地板說悄悄話了。每當遇到這種情況時，學生維修

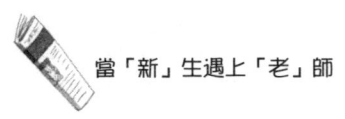

小組就會去教具櫃拿出釘槍，把這整面歷史記錄再平整的釘回牆上，釘的時候，整間教室也跟著振動起來。

一四五號教室散佈著一些落地書架，有的書架放著驚悚小說、紐伯瑞文學獎得獎作品、歷史小說、名人傳記和短篇小說。有的書架上是年鑑、自然類圖書、世界紀錄大全、老舊的百科全書，還有字典。甚至有個架子上堆滿了快被翻爛的圖畫書，要是這些五年級大孩子想要回味自己小時候看過的書，這裡還找得到呢。

在教室的閱讀角則塞滿了抱枕，還有個用許多三角紙板拼貼成的圓頂，但破到只剩下一半。這個圓頂大約是十五年前某次學校成果展的冠軍作品，當時的學生還將圓頂的三角紙板分別塗上藍色、黃色或綠色，以這種設計來報告某些主題，像是非洲國家的國旗、美國的總統或者「印地安納波里斯五百賽車」近十年的冠軍得主等等，有許許多多不同的小單元。後來圓頂的一半不見了，看起來就像一座愛斯基摩冰屋在溫暖的天氣中放上一個星期之後的樣子。直到現在，每一節課都還是會有一番爭奪，看看是哪群死黨可以先佔據這個圓頂。

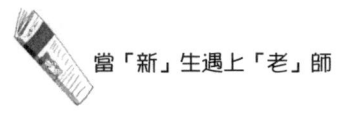

校長一點也不欣賞羅森老師的教室，這間教室讓他覺得毛骨悚然。邦斯校長喜歡把東西整理得乾淨又有條理，就像他自己的辦公室一樣，每樣東西都有固定的位置，而且都好好地擺放在那個位置上。有時候，他會威脅要羅森老師換教室，但是卻沒有其他教室可以換。況且，一四五號教室位在學校最偏僻的一區，是離辦公室最遠的一個角落。邦斯校長絕不會願意讓羅森老師再靠近他一公分，想都別想！

儘管混亂又沒秩序，羅森老師的班級卻讓卡拉・蘭德理覺得很自在。她並不介意那些噪音，而且她也喜歡每天放學前有這不受打擾的兩個小時。她總是很早就到教室，然後拖一組桌椅到教室後面的矮書箱旁的角落，再把大地圖連同展示腳架拉到椅子後面。她會把書和紙張攤在右手邊的書架上，塑膠鉛筆盒就放在左手邊的佈告板上。這樣就成了一個私密的空間，像個小辦公室，讓她可以好好坐在那裡讀書、思考、寫作。

就在那天，十月第一個星期五的下午，卡拉帶著自己默默做了一陣子的東西，用四個圖釘固定在羅森老師教室後面已經過度承載的佈告欄上。這是丹頓小學的《蘭德理校園報》創刊號。

2 引爆一四五號教室

羅森老師在看完報紙上的漫畫與填字遊戲之後，接著就是他最愛的體育版。他總是把體育版留到每天的最後一個鐘頭才看，當作是給自己的獎賞。在十月的那個星期五下午，羅森老師正讀著一篇關於棒球錦標賽的重要報導。他試著集中注意力去讀那篇報導，但就是沒辦法專心。

好像有點不大對勁。

沒有打破玻璃，沒有弄翻椅子，沒有尖叫或大吼的聲音。比這些都還要糟——教室裡太安靜了。

羅森老師從報紙中抬起頭來，看到班上二十三個學生全都圍在佈告欄前。有些女生正咯咯笑著；有些人倒抽一口氣、戳戳別人、小聲地交談；有些高大一點的男生，用手肘擠開別人想更靠近一點看。從老花眼鏡上緣看過去，羅森老師知道他們到底在看些什麼了。那是在一大張紙上分出了幾個欄框，最上面還有個刊頭寫著：蘭德理校園報。

羅森老師愉悅且自我陶醉地微笑著。「看吧，」他自言自語，卻又好像是在對著校長說：「這就是我這間開放教室的作用，這是活生生的證據啊！我根本沒有參與或介入，而那個新轉來的安靜女生，叫做卡拉……還是泰拉的？還是……嗯，就是那個姓蘭德理的女孩，她已經順利做出一份自己的報紙來了！你看看，你看看！其他孩子現在都開始參與這項學習了！」羅森老師繼續自言自語，你可以想像他現在正在教育審議委員會裡為自己辯護：「來啊！邦斯博士，你是校長，你想在我的檔案裡寫些什麼都行，但證據就在這裡！我一直很清楚自己在做什麼，而且，我才是這間教室的老師，不是你！」

羅森老師仔細將手上的報紙折好，然後放到他辦公桌旁那一大疊報紙最上面。他要到星期一才能繼續看完世界大賽系列報導。

他小心翼翼地在桌子下伸直他的長腿，接著挺直了腰，伸展一下雙臂，再把頭慢慢地往左右轉了轉。他準備要站起來了，現在是跟學生進行有意義互動的最佳時機。更何況，現在是放學前的最後五分鐘，他剛好這週輪值導護，所以也不得不站起來了。

羅森老師走向佈告欄，在混亂的桌椅堆中小心前進著，走到能看清楚《蘭德理校園報》的距離。他看了看主題故事的標題，讚許的點了點頭，標題寫著：「**果凍太硬，噎到二年級生。**」羅森老師想起這件事，這個小意外還出動了救護車呢！

上面的運動專欄吸引了他的視線，他瞇著眼，讀著那篇寫得工工整整的報導，講的是午休時間那場觸身橄欖球賽。那場比賽最後以拳頭相向收場，有三位五年級男生因此被停課一天。羅森老師一邊緩緩地讀著，一邊露出讚賞的微笑。文筆簡潔，沒有錯字，沒有贅字，這女孩有天份！當他正要轉身稱讚那位……莎拉？……不對，是那個姓蘭德理的女孩時，有一篇文章卻引起了他的注意。

這是一篇社論，就在報紙下半段的右下角，羅森老師看到了自己的名字，他開始讀著：

【編輯台觀點】

這樣公平嗎？

今年以來，羅森老師的教室裡沒有教學。有人在學，但沒有人在教。教室裡是有一位老師，但他並沒有進行教學。

羅森老師在親師座談之夜所發出的講稿中表示，在他的教室裡「學生必須學會自我學習，也要學會與同學互相學習」。

既然如此，我們不禁要問：如果學生能自己教自己，也能互相教，為什麼領到教師工作薪水的卻是羅森老師呢？

在開爾頓紀念圖書館的公開資料中，記錄著羅森老師去年領到的薪水是三萬九千三百二十四美元。如果用這筆錢付給羅森老師教室中那些真正的老師，那麼每位學生在這個學年的每一天都應該領到九點五美元。我不知道你們怎麼想，但那肯定會讓我更樂意來上學的。

以上就是本週來自編輯台的觀點。

主編　卡拉・蘭德理

羅森老師一邊讀，孩子們也一邊看著他的臉。他的齒顎慢慢咬緊，愈來愈緊；他滿臉通紅，一頭金色短髮好像全站起來了。孩子們本能地退開，在羅森老師和佈告欄中間空出一條路。他一大步就跨到佈告欄前，只見四顆圖釘彈射到地上，跳了老遠，那張紙已經被他扯下來了。

羅森老師很高，有一百八十八公分，但現在孩子們卻覺得他有原本的兩倍高。他緩緩地由左向右轉身，俯視著學生的臉，維持平穩的語調說：「在學校裡，有一種寫作是恰當的，有一種是不恰當

的。」他轉身直視著卡拉，把手中那張紙高舉起來抖一抖。「而這個，」他喊著：「就是不恰當的！」

他把紙對折後，快步走回自己的座位，邊走還邊撕那張紙，愈撕愈碎。整間教室一片死寂。羅森老師轉身盯著還站在佈告欄邊的卡拉。他的臉漲得有多紅，卡拉的臉就變得多蒼白。卡拉咬著自己的下嘴唇，但並不退縮。沒有半個人敢喘氣，最後是鐘聲打破了沉默，羅森老師把碎紙片丟進廢紙桶，大吼一聲：「下課！」

大家用破紀錄的速度離開教室，卡拉被人群推擠著往置物櫃那邊移動，然後再去排隊坐校車。羅森老師就在後面，他要趕去執行導護工作。他快步站到人行道邊，氣還沒消，但已經恢復自制了。幸好有週遭的嘈雜與混亂來分散他的注意力，接下來的十分鐘，一號、二號和三號校車都載滿吵鬧的學生，開走了。

卡拉拎著外套，瘦小的肩膀上背著沉重的灰色背包，她是最後一位跑上四號校車的人。

羅森老師笑不出來，但努力控制著自己，他說了聲：「再見，卡拉。」現在他記得她的名字了。

卡拉上車後，羅森老師迅速轉身回學校。四號校車也開走了。

羅森老師回辦公室，從架子上抓起空便當盒，然後直接走到學校後門的教職員停車場。他沒有走回一四五號教室拿裝咖啡的紅色保溫壺。到下週一上課前，沒必要的話，他一點都不想回到那裡。

也還好他沒有回去拿保溫壺。要是他走進教室到桌子邊，也許就會瞄到那個廢紙桶。這樣一來，他就會發現《蘭德理校園報》的碎片不見了。

有人回到空無一人的教室，把碎片全都撿走了。

3 獎牌上的名字

卡拉坐的那班校車上有十六個五年級學生，其中有七個在羅森老師班上。卡拉平常都自己一個人坐，但是今天黎安・恩尼斯溜進卡拉旁邊的座位。

當校車開動的時候，黎安從卡拉的肩頭上往外看，看到羅森老師跺著腳走進學校。「他真的非常生氣！以前我甚至沒聽說過他會生氣，但他今天發飆了，真的！真不敢相信妳會那樣寫，卡拉！喔……那個，我想我們還不算認識，不過，我跟妳一樣在羅森老師的班上。」

「我知道妳是誰，」卡拉說：「妳是黎安・恩尼斯。艾琳・海雀是妳最要好的朋友。妳喜歡戴克・迪波利。妳姊姊是高中啦啦隊長，妳媽媽是丹頓小學親師會的秘書。妳最喜歡數學課，很愛貓，還有，上週末妳去貝琪・隆斯坦家參加大型過夜派對。」

黎安驚訝到下巴快掉下來了。「什麼？妳是個間諜嗎？妳是怎麼知道的？」

卡拉靦腆的笑了笑，黎安從沒看她笑過。「不，我不是間諜，我是個記者。從事新聞工作的人必須確實掌握正在進行中的事情，就是這樣。我只是會特別去注意發生了哪些事，還有人們說了什麼話而已。」

艾德・湯姆森和喬伊・德路卡就坐在黎安和卡拉後面那排位子

上，他們正專心地聽這兩個女生說話。他們也都是羅森老師班上的學生。

喬伊往前趴在椅背上，看著卡拉說：「妳是說，妳對每個人都知道得這麼詳細嗎？」

「也不是每個人啦！有些人比較容易上新聞，有些不會。」卡拉臉紅了，她覺得喬伊很可愛。在這之前，喬伊從來沒跟她說過半句話。不知怎麼的，她故做自然地說：「並不是說我會記得每一件事的每個細節，但如果某件可能成為新聞的事發生了，我就會擬出一些問題並持續留意，這樣我才能報導這件事。新聞講求的是正確性。像那個被果凍噎到的小孩，他叫做艾倫・寇特茲，唸二年級，是艾金老師班上的學生；而那天做果凍的廚房阿姨叫愛麗絲・瑞思勒，校長要她寫信去艾倫家道歉。還有，廚房主管特別幫愛麗絲開了一堂果凍製作課，好確保她以後都會做出正常的果凍。我覺得這整件事太有趣了，於是我四處留意，然後就有了這些資料啦！」

艾德高聲問說：「那黎安的那些事情呢？那是怎樣？她是那種很容易上新聞的人嗎？」黎安瞇起眼睛瞪著艾德，假裝要用背包狠狠的揍他一頓。

卡拉微笑著說：「沒有啦，那只是我剛好有注意到，或是聽其他人說的。黎安在她的筆記本和置物櫃上都貼滿了貓咪貼紙；夏天的時候，我家收到的親師會通訊錄裡有她媽媽的名字；她姊姊有時候會穿著啦啦隊長的服裝送黎安來學校，還有，大家都知道黎安喜歡戴克。」

這真是讓艾德印象深刻。「好吧，好吧，這些都蠻有道理的。那妳說，妳為什麼要寫羅森老師的那些事呢？妳生他的氣嗎？還是有什麼原因？」

卡拉想了一下，然後說：「沒有，我沒有在生他的氣。」她邊說邊想。「我只是覺得，像他這樣什麼都沒教我們，是不對的。」卡拉停下來不說了。這時有八、九個孩子站起身，拖著腳步，一路推擠嬉鬧的下了車。下一站就到卡拉家了。

當校車又搖搖晃晃往前開，卡拉降低音量說：「你們能保守秘密嗎？」喬伊、黎安和艾德點點頭。「保證？」三個孩子再次點點頭並靠得更近些。卡拉看著每個人的臉，說：「你們有看過辦公室旁邊大廳裡的那些玻璃櫃嗎？」

「妳是說那一大堆運動獎盃嗎？」喬伊問。「嗯，我看過。」

卡拉說：「嗯，沒錯，那邊放的大部分是運動獎盃，但還有一些別的，像是每月作家獎、數學俱樂部獎章，什麼都有。其中還有一個『年度最佳教師』的獎牌。」

黎安說：「喔，對……我看過。潘茉老師，就是我三年級的老師，她是去年的得主。」

卡拉搖搖頭。「你說的那個是最新的獎牌，但我講的是放在櫃子後排最角落的那個舊獎牌。這個獎項是由教師和親師會共同頒發的，已經持續二十五年了。你們猜，大約十五年前，是誰的名字被刻在那個獎牌上？」

「難道是他？」黎安問。校車在艾吉華特村停了下來。黎安站起身，讓卡拉出來。

卡拉點點頭說：「對！就是卡爾・羅森老師，年度最佳教師，還連拿了三年呢！」卡拉將包包背上肩。她一邊往車門走，一邊回頭看著三位瞪大眼睛的同學說：「這就是我所說的新聞。」

4 只是想要一個老師

那個星期五下午，羅森老師開著車，覺得回家的路好漫長。

他在生氣，氣那個叫蘭德理的女孩，氣生活上的所有事，特別是氣他自己。

他已經當老師快二十年了，他想不起來上次是什麼時候在全班面前氣成這樣。他常常在講尊重別人、尊重不同意見、尊重誠實、尊重真正的學習、尊重……這些他自己講過的話，現在彷彿都一一飛回來打在自己的臉上。他在五十五號州際公路上往南開，路的兩旁是收割到一半的玉米田，而此刻單調灰暗的天色，恰好映照出他的思緒。

嗯……難道那個小女生有尊重他嗎？羅森老師試著幫自己建起一頂防護罩，試著找一條路讓自己走出情緒失控的窘境。但他必須面對事實。他知道卡拉・蘭德理只不過是說出實情，而這卻是讓他最難以面對的一點。

隨著車子開進衛理斯頓郡、轉向艾許街，然後進入他家車道，他覺得情緒稍微平復了一點。

但是當他打開廚房門，走進空無一人的屋子時，那股自怨自艾的心情又重重襲來。他打開冰箱，幫自己倒了一大杯蘋果汁，接著走到客廳，一屁股坐進大扶手椅。

「不管怎樣，這些孩子根本不了解我！」他想：「那個姓蘭德理的女孩憑什麼這樣批評我？」

羅森老師想起了他自己五年級的導師，史貝門老師。她一直都很完美，她的穿著、髮型，甚至口紅都是那麼的美。她的教室總是安靜而有秩序。她從來不曾大聲講話，她根本不需要這樣。她寫了一手毫無瑕疵的書寫體；她送給學生的金色小星星貼紙就像寶物一樣，即使對最難搞的那些男生來說也不例外。

後來在陣亡將士紀念日❶放假那天，小卡爾・羅森在沙灘上看到史貝門老師和她的家人。史貝門老師坐在遮陽傘下，穿著一件黑色泳衣，毫不隱藏她凸出的小腹和腿上紫色的靜脈血管。她因為剛

❶陣亡將士紀念日（Memorial Day）是美國的國定假日，定於五月的最後一個星期一。最早是用以紀念在南北戰爭中陣亡的將士，後來擴大紀念所有在戰役中犧牲的公民。

游完泳而披著散亂的頭髮，加上沒化妝也沒塗口紅，整個人看起來像褪了色一般，一副很累的模樣。她有兩個小孩，一男一女，正在互相扭打，浴巾全都沾滿了沙子，史貝門老師大聲斥喝著他們。她的先生趴著曬太陽，他體型龐大，肚子大得不像話，還長了很多毛。小卡爾站在一旁瞪大了眼睛，這時史貝門老師的先生抬起頭轉向他太太，指著冰桶說：「喂，梅寶！再幫我拿一罐涼的吧。」

小卡爾像是被雷打到一樣，轉身踉踉蹌蹌跑回他家人在沙灘上野餐的地方。那個毛茸茸的大塊頭居然對著史貝門老師說：「喂，梅寶！」就在那一瞬間，卡爾明白了，他在學校裡認識的史貝門老師其實是個虛構人物，一部分是卡爾創造出來的，一部分是由史貝門老師自己創造的。是由這些學生和……和梅寶，一起創造出史貝門老師這個角色，才好讓學校教育那回事能夠順利進行。

卡爾・羅森坐在椅子上小口小口喝著蘋果汁，他努力想著卡拉・蘭德理和班上其他學生是怎麼想羅森老師的，可是他們根本不了解卡爾・羅森是個什麼樣的人。他們不知道他是家族裡第一個上大學的人，不知道他和父母經歷了多少犧牲才能讓他接受教育，也不知道十九年前當他開始在開爾頓任教時，是多麼光榮的一件事。

他們可能不知道他太太也是個老師，在芝加哥南區教八年級的英文課。這些學生們根本不知道，當卡爾・羅森看到他太太的工作一年比一年更困難時，心裡有多憤恨。他太太芭芭拉・羅森總是成天擔心是否能帶給她深愛的學生們真正的改變。她的學校以前是個漂亮自然的地方，可是現在呢，校園裡每扇門都安裝了金屬探測器，每天放學後都有武裝警衛護送著老師到上了鎖的停車場取車。

他的學生們不知道，羅森老師還有兩個女兒，分別就讀伊利諾大學二年級和四年級，她們是好學生，喜歡讀書也都有不錯的表現。她們兩個都曾經被別州的頂尖大學錄取，包括康乃迪克州、俄亥俄州、加州，但是最後卻都選擇了本州的大學，因為她們的父母只負擔得起這裡的費用。關於這件事，卡爾·羅森始終無法釋懷。

這些五年級的孩子哪裡能了解，過去這八年來，照顧雙方老邁父母的負擔有多重，先是太太的父母，現在是他自己的。這些孩子哪裡知道這些？他們不會明白的。

所以，他坐在那兒，在這個星期五下午，坐在昏暗的屋子裡，等著他太太從下班尖峰時間的塞車車陣中回家。大約十五分鐘後，他終於儲備好精神，起身到廚房去準備晚餐。

在用過晚餐後，羅森老師把那篇社論的事說給太太聽。他期待聽到一些同情的話，但他早該覺悟的，他太太是個再誠實不過的人了，而這正是他喜歡她的幾項特點之一。芭芭拉・羅森傾身越過餐桌，捏一捏先生的手臂說：「聽起來，這個小女孩似乎正渴望一個老師，卡爾，就是這樣。他只是想要一個老師。」

羅森老師試著回想，他是從什麼時候開始不當個好老師的。但那不是一個明確的時間點，對教學的熱忱並不是在某個時刻突然燒光，而是每次消磨掉一點點。那就像在爬陡坡時，疲倦感會一點一點把你拖垮，你一開始覺得累，就會慢下來，接著就會覺得該停下腳步，然後坐下來休息。

這就是卡爾・羅森的感覺——負擔過度而且沉重沮喪。有好幾個早上，他幾乎起不了床，而現在……現在卻來了這篇社論。遭到這種方式的批評，似乎不太公平。

然而，他能夠只怪罪別人而不檢討自己嗎？那些孩子應該了解他的這些事嗎？課堂外的事和他們有關嗎？史貝門老師，就是叫做梅寶的那位女士，有個會喝啤酒又多毛凸肚的丈夫，這些又關小卡爾・羅森什麼事？在學校裡，梅寶就是史貝門老師，而且，她是個好老師。

卡爾・羅森明白了。唯一能夠使他跟學生們有所交集的，就是學校教育這件事。這些孩子不需要卡爾・羅森的人生故事，他們需要的是羅森老師。

於是，經過這個週末，卡爾・羅森逐漸面對了事實。蘭德理的文章說得沒錯，羅森老師的確有過失。

而且卡爾・羅森知道，他必須採取行動了。

5 毒舌與真相

星期五傍晚，卡拉黏好《蘭德理校園報》的創刊號後，就把它留在廚房桌上回到自己房間去。她想找出自己四年級時所做的那些報紙。當她帶著一小疊先前的作品回到廚房時，媽媽正好站在桌子旁，讀著那篇關於羅森老師的社論。

媽媽抬起頭說：「我猜，老師看到之後把它撕了，是吧？」

卡拉點點頭。

「卡拉寶貝啊，妳終究還是這麼做了。」她媽媽瞥了一眼那張貼貼補補的報紙，嘆了好長一口氣。「唉，至少這次只有這一份，而且羅森老師並沒有像其他老師那樣，跑去跟校長告狀。」

蘭德理太太重重坐進桌邊的一張椅子，她看著女兒站在那裡。「卡拉，妳說，妳是不是在生我的氣？是不是因為這樣才做了這件事？如果妳是想讓我傷心的話，那我得說，妳的確做到了。這真的讓我很難受。」

媽媽的眼中盈滿了淚水，卡拉直直望著她。「不是的，媽，我不是故意要氣妳，妳不要難過。這只是一份報紙，而且我寫的這些都是事實。」

「事實？看看這個，孩子，」喬安娜・蘭德理用她紅色的指甲戳戳那篇報導說：「這不只是事實而已。妳用妳的毒舌對付這個老師，而且說得既刻薄又傷人。」

面對這樣的指控，卡拉退縮了一下，但她又隨即為自己辯白。「媽，這是篇社論，是容許發表意見的。所有意見都是基於事實，我並沒有捏造任何事，我只是報導真相。是妳教我要說實話的，記得嗎？所以我就說了實話呀。」

蘭德理太太知道自己被打敗了。很多年來，她們爭論的結果都是卡拉獲勝，而這次看來她也贏不了。但是，認同女兒只是說了實話，並沒有解決問題。她們才搬到這個鎮上不久，新學年也才剛開始一個月，卡拉就搞出這件事，惹了麻煩。喬安娜・蘭德理覺得自己的頭髮好像一瞬間都變白了。

她深吸一口氣。「也許妳覺得這樣是在說實話，但自從妳爸離開之後，妳就盡妳所能的用這種充滿憤恨的方式來說實話。這讓我很難受。卡拉，這對我不公平，也對妳不好，而且，這真的讓我很傷心。」話一說完，蘭德理太太站起來走進房間，把門關上。

卡拉垂下瘦削的肩膀，坐在餐椅上看著那些報紙，等著聽媽媽房裡傳來的啜泣聲。媽媽誤會了，她想。這次媽媽真的想錯了。

去年，卡拉真的就像她媽媽說的那樣充滿了憤恨，她對每個人都是這樣。她認為爸爸會離開，是因為自己的關係。她媽媽和爸爸一直為錢爭吵，為了給卡拉上大學的儲蓄而爭吵，為了給卡拉買好衣裳而爭吵，為了帶卡拉去度假而爭吵。當她爸爸離家出走而且準備和媽媽離婚時，她覺得這是因為爸爸不想為這個家負責任，不想為卡拉負責任。

卡拉會成為令人頭痛的記者，就是在這個很糟糕的時期。她爸爸離開後的那一週，卡拉的四年級導師剛好教到關於新聞報導的單元。卡拉滿是傷痕的心，抓住了這個點子。她成為一個蠻橫的報導者，她冷漠、疏離、置身事外。她以冷酷尖銳的眼光去看她的同學和老師，觀察他們的缺點和愚蠢的行為，然後運用她優異的文字能力，大加撻伐。她雖然只是報導真相，但真相不總是令人愉快的。

當時卡拉得知有不少老師抽屜裡塞滿了巧克力跟甜食，她寫了一篇社論，標題是：「**來聊聊肥肉吧！**」這篇文章博得不少笑聲，但它太刻薄，甚至可以說是殘酷。這樣並沒有讓卡拉交到新朋友，卻讓所有的舊朋友避之唯恐不及。

當她得知學校餐廳的員工有時會把剩飯剩菜帶回家，卡拉又張揚了出來，標題是：「**廚工把飯菜變不見了！**」但這回她沒有調查清楚，因為打包剩餘飯菜其實是合法且經過學校批准的，這樣其實是幫學校省了處理廚餘的費用。校長要卡拉去跟餐廳的工作人員道歉。這件事之後，卡拉覺得往後還是自己帶便當比較保險一點。

每個星期，在學校的某個角落，卡拉會放上剛做好的最新一期《蘭德理校園報》，然後等著看會發生什麼事。在廚工事件之後，她調查得更仔細，並且會確認所有報導內容的真實性。但是她的報導都是在故意爆料，只為了得到眾人的回應，而且每次都很成功。她媽媽跟校長、學校的心理諮商師和所有教過她的老師都開會討論過，可是所有的討論內容都會變成社論的主題，寫得刻薄諷刺，並且在下一期的《蘭德理校園報》中刊出。

唯一沒參加這些會議的人，卻是卡拉最想見到的人：爸爸。

現在卡拉坐在廚房桌邊，瀏覽著四年級時編撰的報導，她很難相信自己寫過這些東西，這些文章充滿了憤怒。但最近這一期和去年寫的那些可不一樣。雖然她還是會難過，但已經不再憤怒了。現在的情況比之前好得多。

因為在夏天之後，她開始接到爸爸的來信。爸爸在印地安納波里斯工作，他答應卡拉可以在感恩節或聖誕節的時候，去他那裡看看。他也會常回芝加哥。對於事情最後會落到這個結局，他向卡拉道歉。他解釋了為什麼會和媽媽分開的緣故，那並不是卡拉的錯。卡拉現在能夠了解，也相信那是實情，不過她還是搞不懂為什麼他們倆會弄成這樣。

卡拉躡手躡腳走近媽媽的房門，聽一聽動靜。沒有聲音。她輕輕敲了門。媽媽說：「進來吧，寶貝。」

媽媽在床上，背靠著床頭，她那本皮質封面的老舊聖經攤開在腿上。床單上有幾團面紙，媽媽把它挪到一邊，拍拍床鋪。卡拉在床緣坐下，拉著媽媽的手。

「媽，我不是因為生氣才寫報導的，真的。我現在不氣了。以

前是啦，去年是真的很氣，我知道我傷了很多人，我很抱歉。我想，在寫這篇社論之前，我應該先停下來想想才對……我會去跟羅森老師道歉，真的會。但我還是覺得，說出真相是對的，把真相刊出來也是對的。媽，我喜歡當記者，而且這是我的專長啊。」

她媽媽伸手抽出一張面紙，按了按眼角。「卡拉寶貝，妳知道，我只希望妳能好好的，我不想看到妳讓自己不好過。這已經讓我覺得很糟了，我是說關於我和妳爸之間的事。我知道妳也很難受，承擔了很多痛苦，但那不是因為妳的關係，知道嗎？」

卡拉點點頭。「我知道。我只是當時有那種感覺罷了。媽，很抱歉讓妳擔心了，但是……但是妳不覺得，讓我繼續做我的報紙沒什麼不好嗎？要是我能謹慎些，而且只報導事實呢？」

她媽媽笑了。「卡拉，聽好喔，我跟妳講一段舊約聖經詩篇裡的話。」

慈愛和誠實，彼此相遇；
公義和平安，彼此相親。
誠實從地而生；
公義從天而現。

媽媽微笑著對她說：「誠實是好的，讓人知道真相也是對的。但當妳要刊出真相時，就要確定那裡面也有慈愛的善念。這樣就會無往不利。」

此刻，在安詳寧靜的家裡，對卡拉・蘭德理來說，這些道理聽起來再簡單不過了。然而，真正的考驗在下週一才將到來。

6 超級壓力

星期一下午上健康課時，卡拉不停冒汗。她從來不流汗的，即使是上體育課也一樣。可是這次不是因為熱而冒汗，而是因為害怕才冒出了一身冷汗。

此外，她也因為生自己的氣而冒汗。她討厭自己這麼懦弱，她責備自己說：「我真是一個大豬頭！」

這天早上，媽媽早一點送她上學。卡拉希望能比別人先到，她想留一張字條給羅森老師。

整個星期天晚上，卡拉都在寫那張字條。為了寫好它，她已經揉掉差不多二十張紙。她是發自內心寫下這些話：

親愛的羅森老師：

我想要為《蘭德理校園報》中關於您的部分說聲對不起。也許我不應該就那樣把它貼在佈告欄上讓大家閱覽，而讓您措手不及。其實我只是喜歡編報紙，也試著只刊出真實的內容，但我想，有時我並沒有顧慮到這樣做會帶給別人什麼樣的感受。

我是說，我還是覺得我所寫的內容相當正確，但我不是故意要讓你氣成那樣。所以，我很抱歉。

您的學生　卡拉・蘭德理　敬上

早上七點半，卡拉已經在學校走廊上了，她的鞋子踩在剛打過蠟的地板上，吱嘎作響。卡拉將字條握在手裡，走過轉角，看到老師從一四五號教室走出來。當時他正轉身要往另一邊的教師休息室走去，卡拉本來想喊：「羅森老師！」然後跑過去，笑一笑，把字條交給他。然而，她卻僵硬得像個石頭一樣，連舌頭都打結了。她把身子平貼著置物櫃，慢慢退回轉角，盡可能不讓鞋底發出聲音。她把字條胡亂塞進裙子口袋裡，從最近的那個門跑到外面操場。

這一整天她都閃閃躲躲的，並再三確認羅森老師不在附近。午餐時間，黎安、貝琪・隆斯坦和其他三個女生，一起跑來跟她坐。卡拉說的話不超過三個字，她實在很氣自己。她坐在那兒就像個笨蛋一樣，不僅反覆咬著下唇，還要在黎安不斷說著星期五羅森老師有多生氣時，不時點點頭或微笑一下。

只要再過十分鐘，就再也不能躲了，除非……不行，如果她跑去保健室，護士就會打電話給媽媽，所以這招行不通。而且如果她不去上課，羅森老師就會知道她是個懦夫，喬伊・德路卡和黎安・恩尼斯也會知道她是個懦夫。最糟糕的是，卡拉想著：「我自己會知道我是全天下最爛、最糟糕、最虛弱、最沒用的懦夫。」

所以當午餐結束的鐘聲響起時，卡拉・蘭德理冒著冷汗，壓下畏懼的心，鼓起勇氣像機器人那樣走下樓，進入了一四五號教室。

7 對決時刻

鐘聲響起時，還有另一個人也在冒冷汗。這高個子穿著皺皺的運動外套，蜷縮在他的椅子上，把正在看的報紙舉得比平常還要高。他盯著打擊率的數字，但其實眼前全是那個穿著褐色格子裙、有著驚人的才智，總是咬著下唇的小女生。這個影像已經盤據在眼前整個週末了，而現在這個小女生就要進入他的教室，這個他應該要在裡面好好當個老師的教室。羅森老師已經是第十次伸手去拿他的保溫壺，然後再次發現裡面還有上星期五沒倒掉的咖啡，現在咖啡已經像他的手一樣冷，一定也苦得像他那翻攪不停的胃。

孩子們進入教室，然後立刻開始把散亂的桌子排好。教室裡的桌椅排成一行一行的，似乎讓人感覺比較安全。每個學生都坐了下來，沒有人在胡搞，也沒有人大聲講話，氣氛跟上週五迴然不同；只不過老師還是在看報，學生也都一樣，教室還是同一間。但是現在狀況完全不一樣了，而且每個人都心知肚明，其中，卡拉・蘭德理是最清楚的那一個。

卡拉盡可能坐在教室最後面靠門的位置。她原先並不是這樣打算的，只不過在內心某個角落，她的確是希望有個任意門可以火速逃走。她盯著從圖書館借來的書，不斷讀著同一段文字。這時上課鐘聲響起，她被鐘聲嚇了一跳，趕緊瞥了瞥四周，看是否有人發現她的驚慌。喬伊・德路卡看著她，他微笑著對她豎起大拇指。卡拉想要微笑回禮，卻發起抖來，她只好強迫自己將目光移回書本上，這樣安全些。寫給羅森老師的字條夾在書本前幾頁，她緊抓著書的封面，像是要把她的道歉關在那裡，並且擔心字條會自動跳出來飛進羅森老師手中。

羅森老師清一清喉嚨，窸窸窣窣地將報紙折一折後站起來，手裡還握著皺皺的紙張。但他馬上後悔站了起來，因為他覺得自己好高，覺得自己像一座高塔似的立在全班面前。有些孩子看著他，但也有人把眼光挪到別的地方，而那個穿著褐色格子裙和白色襯衫的女生則死盯著她的書，手也抓得死緊。羅森老師注意到她讀的是《大草原的奇蹟》，他試著去回想這本書的情節，想知道卡拉選這本書是不是有什麼暗示？他馬上甩掉這個念頭，就像投手不同意捕手的暗號那樣搖一搖頭。

他又清了一次喉嚨，然後說：「這個週末假日有誰看過星期天的報紙？」孩子們帶著膽怯，但幾乎全部都舉手了。

卡拉的眼光沒離開書本，卻也舉起手。她總是看週日的《芝加哥論壇報》，還有週日的《太陽時報》。如果從教堂做完禮拜回家經過報攤時，能說動媽媽買一份《紐約時報》，她也會看。閱讀週日的報紙是卡拉每個週末最喜歡的時光。

羅森老師又問：「有誰看了《芝加哥論壇報》？」

超過半數的人再舉起手。

「很好，手放下。那麼，有誰看了《論壇報》除了漫畫以外的部分？」

這個問題使得人數大大的減少，只剩四個孩子繼續舉著手：卡拉、喬伊，還有其他兩個男生。卡拉抬起頭來，那一瞬間，她瞄了羅森老師一眼。羅森老師沒有在看她，但她可以感覺到他才剛把視線移開。就在這時，卡拉明白了這些問題的用意。

羅森老師繼續問：「那麼，有誰讀了《論壇報》除了漫畫和體育版以外的版面？」喬伊和其他兩個男生把手放下，現在只剩卡拉還舉著手。她臉色刷白，嘴唇緊閉成一條線，但還是把手舉高。

「可以把手放下了，卡拉。」羅森老師說：「不過，告訴我，妳記得妳看過《論壇報》上哪些特別的文章呢？」

對班上其他人來說，羅森老師和卡拉的對話，看起來似乎是個巧合，就像平時老師跟學生之間的問答。不過，這才不是巧合！羅森老師明白這點，而且，他從卡拉的表情裡知道，她也明白了。

卡拉這次直視著羅森老師，這讓她覺得好過一些。卡拉發現羅森老師不是在對她發脾氣。羅森老師現在沒有生氣，他只是跟卡拉一樣不太自在，也像其他同學一樣有點恐懼。剛才，就好像整個班級都深吸了一口氣，然後又憋著。而現在他們開始吐氣了，第一個吐出來的是卡拉。

放下手臂後，卡拉小心翼翼的開口，一開始還帶了點顫音說：「我記得《論壇報》上所有我看過的文章。頭版頭條是關於中東危機的會議，接下來是一篇芝加哥和紐約的謀殺率比較，然後還有三篇比較短的報導，其中一篇在講芝加哥警局中最老的一匹馬。」

羅森老師揚起眉毛，額頭出現了抬頭紋。「妳說妳記得所有看過的報導？妳看完整份《論壇報》的主要版面嗎？」

卡拉點點頭。

「那，藝文版和生活版呢？」

她又點點頭。

「財經版？……旅遊版？」

卡拉點個頭，又再點一次。

「所以妳是說，」羅森老師說：「基本上，星期天你看完了整份《芝加哥論壇報》？」

全班同學都像是網球比賽的球迷，目不轉睛看著他們倆一來一往的對話。現在，所有的目光集中在卡拉身上。她語氣平緩清晰地說：「嗯，可能不是每個字都讀過，不過，沒錯，我是看完了一整份報紙。」

羅森老師的眼光注視著她。「那……社論呢？」

全班再次屏住呼吸，但卡拉並沒有亂了方寸。如果羅森老師想要玩有關報紙的問答遊戲，她絕不會退縮或呆掉。「社論？」卡拉說：「我一定會看社論的，這是我最喜歡的部分，所以我會留在最後看。有些人喜歡……喜歡把體育版留在最後，但我喜歡社論。」

當卡拉說到「體育版」三個字時，羅森老師稍微縮了一下。他暗想著：「呼！真是什麼都逃不過這孩子的眼睛！」他出聲繼續問：「那麼，卡拉，為什麼妳最喜歡社論呢？」

卡拉差點脫口而出說：「因為如果有人偷懶、太笨、不誠實或自私卑鄙，編輯都可以說出來，然後告訴全世界。」她已經準備要吐出這些字眼了，但她隨即想起星期五晚上媽媽跟她談過，關於說出事實真相時，也要存有善念的一番話。

就在這電光火石的瞬間，卡拉突然想到，羅森老師原本可以不必做什麼或說什麼的。他可以走進課堂、倒杯咖啡，然後坐下來看他的報紙，就這樣過整個下午。為什麼他要問她這一大串問題？卡拉明白了，羅森老師正在做一個老師。他是在告訴她，那篇社論寫的是對的，而且很中肯。而現在羅森老師是在給卡拉一個機會，去補上一些些善意，如果她願意的話。

羅森老師給她一點提示：「妳喜歡社論是因為……什麼呢？」

卡拉停頓了幾秒鐘，很謹慎小心地選擇用詞。「因為社論可以說出報導裡不方便說的話，而且如果報紙犯了錯，可以在社論裡道歉。透過社論，可以了解報紙的用心。」

羅森老師笑了，他揚起淺色的眉毛說：「報紙的用心？我不知道報紙也有心呢。」

卡拉自己也忍不住笑了一下說：「只有好的報紙才有心。」

「嗯。」羅森老師只說了這個字。只是「嗯」這個字，他們的對話便結束了。

羅森老師退後幾步，稍微彎個身拍了拍他桌旁的一疊舊報紙。

「這些舊報紙留太多也不好，所以我要你們每個人拿一份或兩份，找到社論把它剪下來，讀一讀，輪流傳閱，並且做個比較。然後看看《太陽時報》或《論壇報》這些報紙是怎麼樣的……嗯……『用心』。把你們的想法寫下來，過幾天，我們大家再來討論看看。」

說完，羅森老師坐下來，攤開他的報紙。他盯著體育版，伸手去拿保溫壺，倒了一些上週五的咖啡到杯子裡。他沒打算要喝，他只是想讓氣氛和平常一樣。

孩子們自然而然排成一列去拿報紙。教室裡的緊張氣氛消失了，熟悉的嗡嗡吵雜聲又回來了，而且還愈來愈大聲。卡拉馬上站起來，拖了一組桌椅到她的專屬角落去，然後把放地圖的腳架拉到椅子後面，佈置好她的臨時辦公室。她的心撲撲狂跳著。

接著她笑了起來。羅森老師並沒有對她發脾氣，她也用某種方式道了歉，而且這次全班都有功課要做，這可是開學以來，羅森老師第一次指派作業給班上學生呢。

當然還不只是這樣。卡拉會想笑是因為她有了一個新點子，可以放在下一期《蘭德理校園報》的社論裡。

8 志工大冒險

如果星期一那天，校長有經過羅森老師教室的走廊，他可能會以為那不過是羅森管轄範圍內另一個失控的星期一。然而事實上，這間教室裡正進行著學習活動，雖然看起來有點亂，但孩子們可是在做作業呢。他們有的趴在地板上，有的三三兩兩站著，或是坐在桌上。他們翻閱舊報紙，找出社論那一版。當他們瀏覽著包羅萬象的報紙版面時，也不斷發現這些大報裡有著各種新奇有趣的新聞。

黎安喊著：「喂，夏蓉，有個住在西賽羅大道的女士，過世之後把房子留給她的貓。沒蓋妳，她真的是留給她的貓！看，這裡有照片。這隻貓竟然擁有一棟房子！」

史蒂芬則讀到一篇報導說，布魯克動物園裡新來了一些動物，而現在他正在和阿倫爭論是獅子還是黑犀牛比較危險。

菲爾正在讀訃聞，而每隔幾分鐘他就會找到跟班上同學同姓的人，然後他就會喊著：「喂，湯米，你是不是有個親戚名叫凱斯米爾，在艾林峽谷開麵包店的？這人星期六車禍死了。」

有些孩子的確找到社論了，接著就在教室裡東翻西找，搜出剪刀、膠帶、膠水和壁報紙。

卡拉沒有在做這項作業。她當然會做，但不是現在。她在做一件更重要的工作，就是下一期的《蘭德理校園報》。筆記本攤在她的桌上，她正列出幾則可能可以寫的頭條報導。

喬伊敲了敲卡拉身後的佈告欄，好像那是通往她辦公室的門。「叩、叩！」他說：「有人在嗎？」

這聲音讓卡拉嚇了一跳。她正把椅子兩腳懸空前後搖擺在思考著。對於思路被打斷她有點懊惱，但當看到來的人是喬伊時，她腦中突然一片空白。卡拉微笑著說：「有，我在。」

喬伊咧嘴笑開，一邊肩膀靠在牆上。「所以，妳怎麼想呢？」他放低了音量說：「羅森老師怎麼了？他是瘋了還是怎樣？我以為他還在生氣呢。」

卡拉點點頭。「我本來也這樣想，但他真的沒有生氣。這有點怪，因為現在他知道我們是怎麼看待他的。我想他是試著要想出下一步怎麼走。你注意到了嗎？我們都有作業了，一份真的作業。」

喬伊的眼睛滴溜溜地轉了轉，還皺一皺鼻子。「是啊，我注意到了，每個人都注意到了。多謝啦，報紙小姐。」喬伊帶著一抹促狹的微笑說：「羅森老師一句都沒提到《蘭德理校園報》，像是在說『妳最好不要再寫任何關於我的事』或是『妳別想再做出下一份報紙了』。所以，妳還要繼續做嗎？」

卡拉看著喬伊，覺得他瘋了。「難道你以為我不會繼續嗎？我當然是要做下一期啊！」

喬伊貼緊了牆面、舉高雙臂，裝得好像卡拉掐著他脖子一般。「好啦好啦！我只是問一下嘛，我也猜妳會繼續做啦！每個人都會看，而且還不只是我們班的人喔。妳知道甲班的泰德・巴瑞吧？我告訴他上星期五發生的事，他跟我說，下一期出來的時候，一定要通知他。」

卡拉感到很高興，她微笑著，但馬上又蹙著眉頭說：「但我只出版一份耶，而且我會把它貼在這裡。我們是乙班……那泰德要怎樣才能看到呢？」

「喔，拜託……」喬伊說：「妳有聽過電腦這玩意兒吧？」他指著教室另一頭的兩台電腦。阿倫・羅傑斯正用其中一台查百科全書，而大衛・福克斯戴著耳機，用另一台電腦玩一種地理遊戲。喬伊說：「用電腦編報紙，要印多少就有多少。很簡單。」

「我……我不太會用電腦，」卡拉結結巴巴，臉紅了。「至少不像編報紙那麼會。我們……我家裡沒有電腦，以前那間學校也沒幾台，而且學校都不准我去用。我想，我在那裡……名聲不好。」

「名聲不好？妳？」喬伊又咧嘴笑了。「嗯，讓我猜猜看……難道是跟編報紙有關？」接著，他開始正經起來，「不過說真的，用電腦不難。我跟艾德談過，我們想當妳的助手，就像在報社工作那樣。妳可以在教室裡寫稿，隨便在哪裡寫都可以啦！而艾德和我，我們對電腦很熟，圖書館裡那幾台是全校最新的電腦，只要老師說可以，圖書館的史坦娜小姐就會讓我們使用。整組喔，有印表機、紙，所有的東西都可以用。妳覺得怎麼樣？」

卡拉猶豫了，她沒想過這件事。《蘭德理校園報》是「她的」報紙，從以前到現在都是她自己做的。不過，喬伊的提議倒是值得考慮。如果她只能用手工做一份，她是可以全權掌控沒錯，但就不能讓很多人都讀到。而且，羅森老師這件事已經證明，只做一份報紙的話，只要有一位生氣的讀者，就足以立即中斷報紙的流通。

卡拉想起她對媽媽說的話。的確，她現在做《蘭德理校園報》不是因為她生氣，而是因為她很擅長這工作，她喜歡當記者，喜歡寫新聞。她決定要當個厲害的新聞記者，而每個記者都知道，發行量是很重要的一件事。

除此之外，現在是喬伊・德路卡微笑著站在她面前，想要幫忙她呢。於是卡拉做好了決定。

她對喬伊笑一笑，站起來說：「聽起來不賴。那我們去問羅森老師，我們是不是可以現在就去找史坦娜小姐。」

過了一分鐘，羅森老師將視線從手上的報紙轉向喬伊和卡拉。「圖書館？」他說：「你們想去圖書館？」

喬伊點頭。「我們需要您的同意才可以用那裡的電腦，我們要用它來做……做一個專題。」

羅森老師不置可否地看了看喬伊，又看看卡拉。他放下報紙，打開抽屜，找出便條紙，那上面印有他的名字。他拿起一枝筆，問說：「今天幾號？」

卡拉說：「十月八號。」

喬伊和卡拉看著羅森老師邊寫邊唸：「史坦娜小姐：我同意喬伊・德路卡和卡拉・蘭德理使用圖書館的電腦，以完成一項……」

羅森老師停下筆，抬頭看看卡拉，又看看喬伊，然後他寫下最後一個詞說：「專題。」他在最後簽個名，撕下便條紙折起來。

羅森老師把紙條交給卡拉說：「希望這是個好的專題。」

卡拉點點頭說：「喔，會的。它是好的。」

「嗯，」羅森老師說：「妳這幾天內得找一個時間來跟我說明一下這個專題。」他把便條紙丟進抽屜，然後又攤開他的報紙說：「請在下課鐘響前五分鐘回來。」

羅森老師從老花眼鏡上緣看出去，目送卡拉和喬伊跑出教室。坐在那裡，在報紙後面，羅森老師笑開了。

雪納瑞偵察犬

星期一那天傍晚，所有學生都走了，校園裡一片寂靜。羅森老師拿起公事包、保溫壺，還有雨衣，走向學校後門。像往常一樣，他經過圖書館的前門。透過玻璃窗，他看到史坦娜小姐推著一台裝滿書的推車。

史坦娜小姐抬頭看見羅森老師，羅森老師向她點點頭，禮貌的笑一下。史坦娜小姐一看到他卻停下推車，興奮地一邊招手，示意他進來，一邊跑到門口跟羅森老師說話。

「卡爾，好在逮到你了！你是在下午那堂課上新聞專題的吧？那實在太有趣了！不過我想先讓你知道，費用可能會超支喔。」

羅森老師心想：「新聞專題？什麼新聞專題啊？」他很驚訝，但沒有表現出來。他只問了聲：「費用？什麼費用？」

史坦娜小姐說：「在你開始擔心之前，我先聲明，喬伊・德路卡是個非常可靠的孩子，而且我知道他不會浪費任何東西。不過，孩子們要求使用大台的印表機，還有最大張的A3紙，所以才會超支。但是，我同意他們說的，如果要讓它看起來像真的報紙，就得要用大張的紙，你說對吧？還有，那個姓蘭德理的女孩說，他們希望以後要出版雙面的報紙。那樣的話，現有的設備就不夠用。所以那可能又會是一項額外的支出。」

凱薩琳・史坦娜這個人總是讓羅森老師聯想到雪納瑞犬（一種

小型犬），會一直跑來跑去繞圈子，汪汪叫個不停；一會兒跳高，一會兒追著自己的尾巴轉。她剪得短短的灰白色捲髮，更加深了那種形象。史坦娜小姐講話超快，感覺好像快喘不過氣來。羅森老師很欣賞她充沛的精力與熱情，不過跟她講話總是會覺得很累。他很想問出卡拉和喬伊說要辦的報紙到底是怎樣，但每次他要開口前，史坦娜小姐又嘰哩呱啦說個沒完。

「你也知道這學期初，邦斯先生……噢，我是說邦斯校長，發給我們那張通知單，說總務處現在要開始記錄耗材的使用量了。你記得吧，校長說他們會追蹤每年級、每班、每個老師的用量。每一個學期，每位老師和每個班級都會分配到不少額度，如果你額度沒有用完……」

羅森老師不時點頭微笑，不過卻聽得一頭霧水。學校行政的細節他很不在行，而且，史坦娜小姐講得實在太快了。不過他很有耐心的等她說完，因為他還想問一些事。

「所以，假如你可以過來我辦公室這邊，」史坦娜小姐還繼續講：「在器材需求單上簽個名，這樣你的學生任何時候都可以來，也可以使用他們想用的東西。那個點子真的很棒，而且他們都超興奮的呢。」

在她換氣以前，羅森老師搶先問了：「他們有說什麼時候要印出東西來嗎？」

「噢，有啊有啊！」史坦娜小姐說：「卡拉很篤定說他們會在這星期五之前完成那份報紙。你想想，這個星期五耶！當然啦，我原本預估差不多要三個星期，不過看到他們那麼熱切的想要及早完成，我就不忍心跟他們說，他們給自己找的，可是一大卡車的工作咧。你知道，孩子們總是會低估事情。就像上個星期……」

羅森老師簽好那份需求單，史坦娜小姐繼續口沫橫飛地談到二年級剛上完的南美洲專題。羅森老師微微笑，點點頭，一邊退向門口。她邊說邊跟著他走，幫他開門，當他整個人站到走廊上之後，史坦娜小姐終於講到最後一句：「卡爾，我真的覺得你這個點子很棒，就像我剛剛說的，孩子們大概會在三週內完成一份很棒的小報紙，到時我一定會看的！好啦，卡爾，祝你一路平安到家。」

羅森老師微笑著，轉身走了。他深深吸了幾口氣。每次跟史坦娜小姐講完話，總會讓他有種剛從水底被撈起來的感覺。

走在熟悉的走廊上，他想著史坦娜小姐剛剛說的話。這應該沒什麼好驚訝的。當卡拉和喬伊離開教室去用電腦時，他怎麼會不知道所謂的「專題」，是跟卡拉的報紙有關呢？他絕對知道。難道他不期待卡拉繼續出版她的報紙嗎？肯定不是。

只有一件事，羅森老師知道史坦娜小姐說錯了。下一期《蘭德理校園報》不可能花到三個星期。如果卡拉・蘭德理說這個星期五要印出來，星期五就一定會出刊。

10 嶄新團隊

喬伊可不是在吹牛，他真的很懂得用那台新電腦。週一下午和卡拉去圖書館的時候，他只花了二十分鐘就把報紙的基本版型設定好了。卡拉在電腦螢幕上看著報紙粗胚在眼前成形。喬伊選擇了A3的紙張，在紙張最上緣用二十七級大小的字打上「蘭德理校園報」這幾個大字。看著這個刊名又大、又直接、又清楚，卡拉不禁感動莫名。它雖然不比卡拉手工做的報紙大張，但是看起來卻比較像一回事、比較有份量。這像一個新的開始。

喬伊選了幾種不同的字型給卡拉看，大約看過五、六種之後，卡拉決定了「超黑體」這個字型最適合這份報紙的刊名，清楚易讀又不會太花俏。

「現在我們可以拉出幾個欄位來放專欄，」喬伊解釋著：「紙張是二十九公分寬……而我們要在兩邊各留出八公釐的邊界……所以我們還有二十七點四公分的版面可以用。那就分成五欄，每欄五公分寬，怎麼樣？欄與欄之間的距離是六公釐。」喬伊一邊說，螢幕上就出現了這些欄位。他指著它們說：「在實際印出來的報紙上不會有這些線條，現在顯示出來是為了方便我們知道還有多少空間要填滿。」

卡拉驚訝地吞一口口水說：「所以還有很多空間要填滿吧。」

「嗯，是啊。」喬伊說：「但是，我們可以放些標題、插畫、照片，還有裝飾的花邊，這些也都會佔掉空間。」

「照片？」卡拉反問：「還可以在報紙上放照片？」

「對啊，」喬伊說：「照片、插畫、漫畫……妳要放什麼都可以。」他指著螢幕旁的一台小機器，「這叫掃描器，放一張紙在裡面，掃描器就會把紙的內容翻印一份，你再把它放進螢幕上的報紙版面，然後印出來，就完成啦！」

卡拉突然覺得有點不知所措，竟然還有這麼多東西可以選擇。

「所以……所以我必須把我的報導打在電腦上面嗎？」她問。

「嗯，有些人是這麼做的，」喬伊說：「但妳不一定要親自打字。你可以用筆寫下你想寫的東西，然後我或者艾德來負責打字，甚至找別人幫忙也行。阿倫打字很快，莎拉也是。如果妳請他們幫忙，他們一定會答應。」

喬伊轉頭過去看螢幕。「現在我要印出一份版型了，這樣妳就可以用鉛筆在上面畫出標題的位置、想放的圖片，或是任何妳想放的東西。我印兩份好了，這樣妳比較好規劃。」

一分鐘後，喬伊把紙張交給卡拉，上面還留著剛從印表機出來的溫度呢。握著真實的紙張，看著上面又大又清楚的刊名，卡拉不再擔心了。她完全不懂電腦，至少現在不懂，但是她卻非常了解報紙。不管製作過程怎麼樣，它總是一份報紙，有紙張、有墨水，還有想法。

卡拉笑得很開心，她抬頭說：「太棒了，喬伊。」

四天之後，出來了——紙張、墨水，還有想法。喬伊和艾德站在一四五號教室門口，發放著剛出爐的《蘭德理校園報》。雖然過

德理校園報

程有點艱辛，但他們還是趕上了星期五的期限。

頭條報導是一項調查結果，是由卡拉和黎安在星期二和星期三所進行的。她們請七十五位五年級學生提出他們在丹頓小學最喜歡的老師，並且說明原因。這篇報導的標題是：「**潘茉老師獲選為最受歡迎教師**」。

此外，還有「**十大最不受歡迎的餐廳食物**」，這一篇報導最後的結語是：

> 在丹頓小學裡，「十大最不受歡迎的餐廳食物」排行第一名的就是：奶油玉米。

運動新聞方面，報導了體育組舉辦籃球季的最新戰況，包括五年級各班的勝負比數。

在報紙版面中央是一張照片，照的是男生置物間的門。艾德跟他爸爸借了拍立得相機來拍照，喬伊就負責掃描。照片底下的標題是：「**捏緊你的鼻子！**」這篇文章是在討論為什麼不管是男生或女生的置物間，味道都那麼難聞。

當然，這份報紙上還有社論。

當艾德和喬伊分發報紙時，卡拉從她保留給自己的四、五份裡抽出一份，走向羅森老師的位子。羅森老師從眼角瞄到卡拉走來，但還是繼續讀他的體育版，直到卡拉叫他：「羅森老師？」

他回答：「喔，嗨，卡拉。有什麼事嗎？」

卡拉好緊張。她把《蘭德理校園報》握在身後，臉上掛起一個微笑，然後說：「您還記得我和喬伊去圖書館做的那個專題嗎？

嗯……我們做好了，想請您看一下……就是這個。」卡拉把手中的報紙拿給他。

羅森老師傾身向前去接，還裝出很驚訝的樣子。「專題？喔，對對對……在圖書館做的專題。」他看了報紙一眼，然後望著卡拉說：「對，我想起來了。我曾問過那會不會是個好的專題……妳覺得呢？妳……妳喜歡它嗎？」

卡拉嚥了一下口水，點頭說：「呃，我們必須做得很快，而且內容還不夠完整。不過……不過我們喜歡這份報紙，而且，我……我們想要給您一份。」

「嗯……謝謝妳，卡拉，」羅森老師稍微有點結巴地說：「我會好好讀的。」

卡拉點點頭，尷尬地笑一笑說：「不客氣。」然後轉身離開。

她走向教室後面的角落，她的辦公室。

羅森老師向後靠著椅背，把《蘭德理校園報》舉高一點，以便看得更清楚。他並沒有預期會讀到什麼內容。在瀏覽整個版面時，他的眼光落在報紙右下方的角落，社論的地方。

【編輯台觀點】

全新風貌

這週的《蘭德理校園報》有了全新風貌。這次改版得到許多人的幫助。如果沒有羅森老師、史坦娜小姐、喬伊・德路卡、艾德・湯姆森、黎安・恩尼斯、夏蓉・姬芙，以及阿倫・羅傑斯，這些改變與報導內容是無法完成的。

不僅外觀的風貌改變，這期報紙關注的焦點也不同。關注點在於，新聞報紙的目的是什麼。首先，新聞必須報導真相，但報導真相有時候會激怒人們。這是否代表著，新聞就應該避開那些會帶給某些人困擾的報導呢？這其實完全取決於報紙背後的想法，也就是報紙的用心。

心中存著惡意的報紙會盡可能找出壞事來報導，並且盡可能以傷害別人的方式來報導這件事。用這種方式，報紙會一舉成名，但是對任何人都沒有好處。

心中存有善意的報紙報導真相的方式，是盡力協助別人更了解這件事。善意的報紙與惡意的報紙可能報導同一件事，但善意的報紙用不同的方式來報導，因為它的動機不同。

《蘭德理校園報》盡力做一份心中有善意的報紙。為了銘記這點，從下期開始，在刊名底下會放上新的座右銘：真與善。

以上是本週的編輯台觀點。

主編　卡拉・蘭德理

羅森老師讀到一半的時候，他開始旋轉椅子面向黑板。他感覺到自己眼睛溼潤，而且他曉得有人會在他看報時觀察他。羅森老師讀完之後，一邊微笑，一邊用力眨眼，然後伸手拿咖啡來喝，好讓他嚥下喉嚨裡哽著的某種東西。他已經很久很久沒有感受到，當老師是這麼棒的一件事。

一分鐘之後，羅森老師起身走向卡拉的迷你辦公室。現在換成卡拉假裝沒看到有人走近。

羅森老師從地圖架上俯看著卡拉說：「打擾一下，卡拉……不知道妳還有沒有多餘的報紙？我太太也是老師，我想她會喜歡讀這篇社論。這篇寫得真好。」

卡拉高興地說：「有……當然有，羅森老師。這裡還有一份。」

第二期的《蘭德理校園報》大大成功。七十五份報紙在六分鐘內全部發放完畢。

星期五下午，有一份《蘭德理校園報》出現在校長菲力普・邦斯博士的桌上。

11 紅色警訊

第二期《蘭德理校園報》會出現在校長辦公室，是因為校長秘書蔻米兒太太在走廊地板上撿到一份。她想，邦斯校長應該會有興趣看一看最佳教師的那篇文章。

邦斯校長坐在辦公室，仔細讀完報紙上的每一個字，還不時微笑點頭。他覺得寫得很好，很有趣，是卓越的作品，也顯示出良好的學習經驗。像是那篇「十大最不受歡迎的餐廳食物」就很機智詼諧；「最受歡迎教師」的報導則以十分正面的方式來呈現。作者並沒有浮濫批評，也並未使用粗鄙的言語；沒有批評學校、行政單位或是學校政策。第二期《蘭德理校園報》可以說是連一點點爭議性都沒有。

但是當邦斯校長讀到社論的時候，他的視線集中，心跳加快。在他寬寬胖胖的臉上，眉頭皺了起來，鼻孔一張一縮抖動著。他拿起一支紅筆，拔掉筆蓋，再次讀過整份報紙，然後開始在雞蛋裡挑骨頭。不過到最後，整頁版面中他只畫出一個紅圈，就在社論那篇。他在一個名字上重複畫了好幾次紅圈圈：羅森老師。

邦斯校長對羅森老師很有意見。在他擔任丹頓小學校長這七年期間，羅森老師一直都是個問題。

邦斯校長並不討厭羅森老師。「討厭」是個太強烈的字眼，太情緒化了，他告訴自己，這跟個人感受無關，而是專業問題。邦斯校長不認同羅森老師，因為羅森老師的表現不專業。對邦斯校長來說，教育是嚴肅的工作，而羅森老師卻對自己的工作不夠負責。

邦斯校長打開抽屜拿出檔案櫃的鑰匙，檔案櫃裡放著丹頓小學每個老師的資料記錄。他旋轉椅子，開了鎖，拉出檔案櫃抽屜。羅森老師的檔案不難找到，它比櫃子裡任何一個檔案還要厚上三倍。

每一年，邦斯校長都會接到擔心羅森老師的家長來信。這些家長會問說，社會課沒有作業、閱讀課沒有作業、英文課沒有作業、整年都沒有作業，這樣正常嗎？還有家長寫信來詢問他們的孩子是否能轉班，原因其實都是為了避開羅森老師。

每到了學期末，每位老師都必須和校長單獨見面談話，這就叫做「工作評鑑」。邦斯校長翻閱一疊羅森老師的工作評鑑記錄，那都是校長親自填寫的，過去七年來每年一張，上面的評語分別是：

差、差、無法接受、差、無法接受、無法接受。就連最後一次也是「無法接受」。

在評鑑表最下面，會有一點空間讓接受評鑑的老師寫下短短的聲明。過去七年來，羅森老師寫的聲明都差不多。邦斯校長翻到最近一年的評鑑表，讀到羅森老師寫的聲明，他咬緊了牙。

> 很明顯的，我和邦斯博士有著非常不一樣的教育哲學。他反對我的教學方式和做法，為此我深感遺憾。
>
> 卡爾・羅森　謹上

很多家長認為羅森老師不應該再當老師。有些教育審議會委員認為應該開除他，而有些委員則覺得比較妥當的方式是讓羅森老師提早退休。

但是，每個校長、每個審議委員都知道，要把一個教師趕離學校不是件簡單的事。必須要發生很嚴重的事、有很明確的事證、違反學校政策，或者是違法才行。

邦斯校長將羅森老師那份厚厚的檔案夾闔上後，放回抽屜裡，把檔案櫃鎖好，鑰匙放回原位。

他把那份《蘭德理校園報》擺在辦公桌中央，雙手枕在腦後，靠著椅背。他笑了。這份小報紙或許能讓他逮到機會，情勢很有可能扭轉成許多人心裡希望的那樣。

邦斯校長突然坐起來，拿起電話話筒，他按了蔻米兒太太的分機。他聽到她正在大辦公室那邊忙著，一定是準備要回家了。他其實可以轉過椅子去直接跟她說話就好了，但是他喜歡用電話，因為這樣感覺比較正式。

蔻米兒太太桌上的電話響了一聲、兩聲、三聲、四聲，終於她接起了電話。「是，邦斯校長。」蔻米兒太太的聲音有點不愉快，現在已經是星期五下午四點十五分了，她可沒有心情裝出做秘書的那一套。她站在桌邊，外套、帽子都穿戴好了，蔻米兒太太可以看到邦斯校長坐在那兒，就在四、五公尺外，正用手指敲打著桌面。拜託，就轉個身，笑一下，面對面說話，對他有那麼難嗎？

「噢，蔻米兒太太……嗯……請幫我留張紙條在羅森老師的信箱裡，說星期一放學後我想找他談談。請他一下課就馬上過來，這件事很重要。」

蔻米兒太太放下電話，直接對校長辦公室打開的那扇門喊著：「校長，星期一是哥倫布紀念日❷。我會給他留字條說下星期二見面。然後我就要下班了，祝你假期愉快。」

蔻米兒太太拿了校長專用便條紙，迅速寫完留言後塞進羅森老師的信箱裡，三十秒之內就離開了辦公室。

---

❷哥倫布紀念日（Columbus Day）是許多美洲國家的節日，在美國訂於十月的第二個星期一，用以紀念哥倫布發現新大陸。多數銀行與學校會放假。

12 只有擴大，沒有傷害

星期二下午，羅森老師叫全班坐好。他在黑板上從左到右寫了三個形容詞：正面、中性、負面。

羅森老師說：「社論作者只有一小塊版面，所以選詞用字得要有力量。作者選用的字，可以是正面、負面或中性的，」羅森老師唸到哪個形容詞，手就點到哪裡，「如果作者想建立某種概念，就會用正面的筆法。想撕裂某種東西的話，就會用負面打擊的方式。又如果作者只是在探究，只是從各種面向看一件事，那就是中性的處理。」

卡拉舉起手。羅森老師說：「卡拉，有什麼問題嗎？」

「但如果作者用負面的字詞去談論像戰爭或毒品這樣的事，那不就是正面的嗎？」

羅森老師說：「可以說是，也可以說不是。它的影響可以是正面的沒錯，但它的處理方式，就是那些字詞的本身，還有它們要傳達的概念，仍然是負面的。來，你們每個人看看自己剪下來的那篇社論。我們把那些正面、中性和負面的詞列出來。」

接下來的十分鐘，孩子們把一堆字詞、成語，紛紛拋給羅森老師，而他盡可能以最快速度把這些詞語寫到黑板上。

負面的欄位最快被填滿，裡面的字詞有：笨、丟臉、荒謬、可笑、浪費、憤怒、愚蠢、可恥、呆板、膚淺、不道德。

正面的字詞則有：寬大、熱心公益、睿智、有益、值得稱讚、仔細求證、有用、值得尊敬、好。

中性的字詞難找得多。事實上，孩子們只找到五個：顯然、清晰、不確定、可以理解、大概是。接著，羅森老師讓大家說說哪一種才是最好的社論寫法，結果討論很熱烈，熱烈到像在吵架一樣。最後，大家都同意這三種筆法各自有它適用的時間與地點。

羅森老師伸手到他桌上，抓了一張紙貼到黑板上。全班都靜了下來。那是一份《蘭德理校園報》。

「我知道你們都看過這份全新改版的《蘭德理校園報》了，」他說：「而且，從整個教室的情況，加上我那疊逐漸縮小的報紙堆來看，我知道你們也看過了許多其它的報紙。」羅森老師笑著說：「說說你們的看法。《蘭德理校園報》跟其它你們讀過的報紙，有什麼不同的地方？又有哪些相同的地方？」

但沒有人說話。「說說看啊。不是負面的批評，而是從各個角度和中立的態度。事實上，有很多地方都是非常正面的。」他指向黑板上那份報紙說：「在一週之內，這裡發生了很大的改變。我不是要你們去評論這份報紙，只要告訴我，這跟你們讀的其它報紙有什麼不一樣？又有哪些地方一樣……」羅森老師停頓了一下。「誰有想法？艾德，你一定有些想法。說一下有什麼不同。」

艾德吞了吞口水，瞄了一下卡拉和喬伊後說：「尺寸嗎？我們的報紙，我是說《蘭德理校園報》，它沒有那麼多字。」

「尺寸！很棒，艾德。尺寸。」羅森老師把這兩個字寫到黑板上。「來，還有誰，」羅森老師說：「還有什麼不同？……黎安，你覺得呢？」

黎安準備好了，她馬上說：「其它那些報紙有上百個記者、印刷機和員工，而這份報紙只有少少幾個人。」

這打開了大家的話匣子。幾分鐘內就列出長長一串相異點，像是廣告、售價、彩色照片、連環漫畫、小道消息、諮商專欄，還有國際新聞。

接著列出相似點，這裡包含了報紙的所有基本要素。《蘭德理校園報》有地方新聞、有記者、有作者、有黑白照片、有編輯、有讀者，而且很有趣，就像其它報紙一樣。

把這兩列清單徹底看過一遍之後，夏蓉舉起手來。羅森老師對她點點頭說：「夏蓉？」

她說：「嗯，為什麼《蘭德理校園報》不能像其他報紙那樣，加入更多內容，像是專欄、漫畫之類的？」

「這個問題很合理，」羅森老師說：「但我無法回答妳。你們都漏掉了另一個《蘭德理校園報》跟其它報紙相同的地方。《蘭德理校園報》也有主編，如果想要《蘭德理校園報》有任何改變，得問過她的意見才行。」

所有的目光都轉向卡拉。她坐在桌上，一腳踩在椅子上，一腳盤起來，她用拳頭撐著下巴，手肘頂在膝蓋上。這個樣子看起來就像藝術家羅丹那座著名的雕像「沉思者」，不過更瘦了些，褐色格子裙遮住她削瘦的膝蓋，她的馬尾也甩向一邊。

卡拉可以感覺到自己的臉頰開始飛紅。羅森老師剛剛是在要求她，卡拉·蘭德理主編，做出一個決定。最先閃過她腦中的念頭是，今晚在餐桌上把這一切告訴媽媽時，會多麼有趣啊！

過去十天，卡拉遭遇了好多事。不到兩週前，卡拉·蘭德理還

是個隱形人，而現在，學校裡的每個學生、每個老師都知道她的名字，也認得她的臉。《蘭德理校園報》原本完全是卡拉自己一個人在做，那裡頭只有一種聲音、一種看法，就像是她的想法與雙手的延伸。

要做出那份被羅森老師貼在黑板上的報紙，卡拉還需要別人的手、眼睛和耳朵。她交了新朋友，跟他們一起工作、大笑、爭執、思考，然後再次大笑。她體認到，一起做出這份報紙，給了大家多麼棒的感受。

卡拉並不覺得自己出名了，她只是覺得自己……有用。她感覺到被需要。她喜歡這樣的感覺。

而如果四、五個孩子的協助，就能讓這份報紙變得這麼好、這麼有趣，有更多人加入難道會有害處嗎？

卡拉坐直身子，看看四周。她笑了起來，那是一種溫暖、包容的微笑，讓她的臉上散發著光彩。這位主編說：「如果要有更多的內容，就需要更多的作者和記者，需要更多人來打字，什麼都得更多。而這可不全是簡單好玩的事，問問黎安和喬伊就知道了！所以，不管是誰想要幫忙，請到我桌子這邊來吧！下一期的出刊日是這個星期五，而且這個星期比較短喔！」

全班同學都跟著卡拉回到她在角落的桌子邊，喬伊、艾德和黎安很快就幫卡拉想出分配工作的方法。

獨自留在教室前面的羅森老師轉過身，慢慢把他那份《蘭德理校園報》從黑板上取下來。他回到自己的位子，小心地把報紙上的膠帶撕掉。然後，他拉開左下方那個大抽屜，拿出一個新資料夾。他拿了枝綠色麥克筆，用工整的字在標籤寫上「蘭德理校園報」。

他把報紙整齊對折起來，放進資料夾，然後放回抽屜裡。

這次，一四五號教室裡的喧鬧聲，已經達到可以讓丹頓小學其他老師昏倒或麻痺的程度了。不過，羅森老師滿意地嘆口氣，從紅色保溫壺裡給自己倒了杯咖啡，微笑著躺回椅子上，然後攤開其它報紙的體育版。

13 強風預報

星期二下午，羅森老師一手提著公事包，一手拿著保溫壺，正要走出學校大樓的時候，卻聽到邦斯校長獨特的嗓音。

「羅森老師！羅森老師！」邦斯校長從走廊那一頭向他快步走來，喘著氣，整張臉都紅了。

羅森老師轉過身，努力維持一種平和的表情說：「嗨，菲爾。你好嗎？」

邦斯校長聽了之後一臉尷尬，他比較喜歡人家稱呼他邦斯校長或邦斯博士，但羅森老師總是叫他的小名菲爾。

「你現在要幹嘛？」邦斯校長不解的問。

「現在是三點半，我想，我會回家去吧。」羅森老師說。

邦斯校長邊用手帕輕拍額頭邊說：「你沒收到我的便條嗎？我們今天有個會要開，就是現在，你已經遲到十五分鐘了。」

「嗯，」羅森老師說：「我想我沒收到你的通知。」

「你怎麼會沒拿到呢？蔻米兒太太星期五下午就放進你信箱裡了。你今天早上沒去看信箱嗎？」

羅森老師笑一笑，聳聳肩。「我想是沒有。」

邦斯校長轉過身開始移動，羅森老師也跟著他穿過走廊往辦公室去。邦斯校長說：「幸好我逮到你了。照理說你應該要每天早上去拿信的啊。你的信箱是跟其他教師溝通的重要管道。」

羅森老師一臉坦率地說：「嗯，這我聽說過啊，菲爾。但是，有很長一段時間我根本就沒去辦公室，一切還是很順利啊。」

邦斯校長裝做沒聽到這句話。他打開那扇從走廊直通他辦公室的門，拉住門，側身讓羅森老師從他身邊擠過去。

關上門後，邦斯校長指一指他辦公桌前面的椅子。羅森老師把保溫壺和公事包擺在那張椅子旁的地上，坐下來，兩隻長腿交疊著。那不是張舒服的椅子，羅森老師想著：「不知有多少侷促不安的人，曾像這樣坐在邦斯校長對面。」校長的桌上橫放著三角柱狀的木牌，上面刻著：「菲力普．邦斯，文學士、教育碩士、商業管理碩士、教育博士。」他椅子後頭那面木板牆上掛著裱框的文憑與證書，擠在邦斯校長與重要人物握手的照片之間。那些人物，羅森老師也認得幾個，每張照片都流露出某種企圖心。

邦斯校長攤開他那份《蘭德理校園報》，把報紙挪過桌面到羅森老師面前。羅森老師看見自己的名字在上頭，被紅筆圈了起來。校長說：「告訴我，羅森老師，這份報紙究竟跟你有什麼關係？」

羅森老師戴上他的老花眼鏡，低頭看著報紙，再抬頭看看邦斯校長。「我在上一堂有關新聞出版的課，」羅森老師說：「班上有一部分學生辦起了一份報紙，有點像是一個專題報告。他們寫得很不錯，你不覺得嗎？」

「是啦，」邦斯校長說：「寫得很好，但問題不在那裡。」

「問題？」羅森老師說：「我不知道會有什麼問題。你說的問題是什麼，菲爾？」

邦斯校長坐在椅子上往後靠，開始緩緩地左右搖擺，但視線始終停在羅森老師臉上。「最高法院對黑佐伍德案的判決這件事，你熟嗎？」

羅森老師立刻回答：「黑佐伍德嗎？當然。一九八八年美國聯邦最高法院判定，學校校長有權決定哪些內容適合登在校刊上。那個判決也不是無異議通過的，但是有五位法官認為校長的確有這種權力。有些人認為，法院的判決違反了憲法對言論自由的保障；另一些人則說，如果學校是發行人，學校就有最終決定權，這跟報社老闆有決定權是一樣的。」

邦斯校長大為震驚，他沒想到羅森老師如此博學多聞。他點點頭說：「我看得出來，你對這個案例掌握得很清楚。那麼，羅森老師，請告訴我，你認同法院的這項判決嗎？」

羅森老師笑了一下，說：「這有點像是在問我是否認同萬有引力定律。不論我認同不認同，法律就是法律。」

邦斯校長咯咯笑了起來。「對，沒錯，法律就是法律。既然如此，我想你不介意以後我在這份報紙發行前先審查過吧？」

羅森老師還是微笑著，但他的聲音裡已經沒有了笑意。他說：「如果那是校刊，我一點都不會介意。但是菲爾你看，它並不是校刊，《蘭德理校園報》是班刊，是我在一四五號教室裡的學生做出來的。對於應該刊些什麼，要由他們來判斷，而我完全信任他們的能力。」

由於身體向前靠，邦斯校長的胃已經頂到桌子了。他指著報紙說：「如果這是班刊，羅森老師，印出來的每一份就應該都留在你的教室裡。可是我這一份卻是蔻米兒太太從散落在三年級走廊上那一大堆裡撿到的。」

「這個啊，這就是紙有趣的地方，」羅森老師說：「我和我太太有一次飛到紐約市度週末。等週日晚上回芝加哥之後，我們走向我們的車，開車回家。進了屋子後，我坐下來把腳抬高。你猜怎麼了？有一張紙，某家紐約餐館的廣告紙，就黏在我的鞋底。紙就是有辦法這樣到處亂跑。」

邦斯校長並不欣賞羅森老師的幽默。他皺著眉頭，拍著桌上的那張紙。「你知道這報紙印了多少份嗎？」

羅森老師搖搖頭。「不，老實說我不知道這些孩子印了幾份。我讓他們自己決定。他們以自己的成果為榮，而他們也有資格引以為傲。我相信他們拿了幾份跟朋友分享，或許，還會帶一些回去給家人看。」

「七十五份，」邦斯校長說：「據史坦娜小姐說，你的學生印了七十五份報紙，但你下午這個班只有二十三個學生。除非你是要告訴我，每個學生都留了三份以上給自己，不然，這份就算是校刊。這份報紙是在這裡製作的，就在我的學校裡，用的是學校的電腦、學校的紙、學校的印表機、學校的電，還有上課的時間。」

羅森老師安靜了一會兒。他克制住想要咆哮的衝動。他沒想過要跟菲力普・邦斯大吵一架，從沒想過。從很多方面來看，他其實還蠻欣賞校長的。邦斯博士總是苦心維護他自認對學生最有利的環境，試著讓每個人，無論是老師、家長、教育審議委員會或督學，都能滿意並且攜手並進，這並不容易啊！邦斯博士是個好校長，是個好的管理人，不過邦斯博士並不是個好老師。羅森老師很清楚，如果讓邦斯校長介入《蘭德理校園報》的話，某些重要的東西就會不見了。

羅森老師清一清喉嚨，站了起來。「以前也是這樣的吧，邦斯校長？這只是另一個我跟你意見相左的教育問題罷了。我認為《蘭德理校園報》是班刊。我身為這所學校的教師，使用那些紙、印表機、電腦、時間、電，只是我日常工作的一部分，這就跟其他老師與其他班級的學生所作的任何專題沒什麼兩樣。」

邦斯校長也站了起來，用食指壓在那張報紙上，問說：「所以，不論這上面印了什麼，你都要為它負完全的責任嗎？」

「我會，」羅森老師說：「當然會。」

「那很好，」邦斯校長淡淡地說：「我想我們談完了。」

羅森老師彎腰拿起他的公事包跟紅色保溫壺，這時，邦斯校長也從桌子後頭走出來，拉開了通往走廊的門。當羅森老師步入走廊時，邦斯校長說：「羅森老師，每次新報紙出刊時，請確定我會拿到一份，好嗎？我想要密切注意你這個『班級的』專題。」

「下一期會在這星期五出來，」羅森老師說：「我們會確定你有收到一份的。晚安，菲爾。」

關上通往走廊的門之後，邦斯校長走過去打開大辦公室的門。「蔻米兒太太，我需要妳幫我打份資料。」

蔻米兒太太抬頭看了時鐘，是三點四十三分。「馬上來，邦斯校長。」她拿了筆記本跟原子筆走進去，坐在羅森老師剛剛坐的位子上。

邦斯校長在她背後來回踱步，說：「這是一份卡爾·羅森老師的人事資料備忘錄。我剛剛結束與羅森老師的談話，我們在討論他下午那班學生所製作的一份報紙，那看起來像是一份校刊。我要求羅森老師在每一期出刊前先送來給我看過，以便在發行之前刪除那些具爭議性的內容，但是羅森老師堅持那份報紙是班級刊物，並願意對每一期的內容負全部的責任。他也同意，他和學生每一期出刊時都會拿一份給我。」

他走過來俯視著蔻米兒太太，問說：「妳全都記下來了嗎？」

蔻米兒太太點點頭。「好，」邦斯校長說：「明天給我三份，我要找個時間來簽名。謝謝你，蔻米兒太太。」

蔻米兒太太離開辦公室之後，邦斯校長再次坐了下來，前後緩緩搖晃著。

他和羅森老師的談話並沒有完全照他的計畫進行。不過，邦斯校長對目前這個結果很滿意，非常滿意。

羅森老師已經決定承擔起那份報紙的全部責任了。

邦斯校長愈想愈高興。他只需要等著，只要有一個錯誤，就能把羅森老師丟進煎鍋裡了。

14 憲法與自由

星期三下午，當孩子們大呼小叫進入一四五號教室時，完全沒想到會在羅森老師桌邊的推車上，看到一台電視和錄放影機。羅森老師從來沒給他們看過影片。

等大家安靜下來之後，羅森老師說：「我知道你們需要馬上去處理報紙的事情，不過，我要你們先看一個我昨晚從電視上錄下來的東西。」

他按下播放鈕，一個談話節目主持人講了一個關於總統和副總統互相欺騙的笑話，攝影棚裡的觀眾拍手大笑。

羅森老師關掉電視，把推車推到旁邊。他從捲軸裡拉下一張世界地圖，一邊說一邊用指示棒頂端的黑點指出他所說的國家。羅森老師說：「如果這位喜劇演員生活在這個國家或這個國家，而他昨晚講了那個關於總統的笑話，今天他就可能會被關起來。」他戲劇性地暫停一會兒，又把指示棒移到另一個國家。「如果那位喜劇演員活在這一個國家，而昨晚說了關於總統的笑話，今天他可能已經死了。」

羅森老師再把指示棒移到地圖上的美國，然後說：「不過，當然，那位喜劇演員活在這個國家，而今天他沒有在監獄裡，也沒有死。他可能正坐在某處喝著礦泉水，想著今晚要講些什麼，才能讓人再次發笑。」

羅森老師捲起地圖，走向教室一側。他小心謹慎的穿過成堆的雜誌跟書架，站到一個佈告欄旁邊。佈告欄上雜亂得令人難以置信，但中間有一小張印著褪色藍墨水的海報，那上面從未被釘上任何東西。這張紙的最上方寫著：

權利法案

美利堅合眾國憲法　十條原始修正案

羅森老師把指示棒指在「憲法」兩個字上面，然後說：「來，我知道我們今年還沒讀過憲法，所以我盡可能用最快的速度指出這裡面的重點。憲法就像一系列的規範，懂嗎？這些規範條列出建立我國政府的原則。當憲法剛寫出來的時候，有些人覺得它給了政府太多權力，而缺乏對百姓的保障。這些人說，如果要他們同意憲法的這些規範，必須先有一份權利法案，條列出政府無論如何不能從人民那邊取走的權利。他們不想讓政府成為暴君，因為他們已經有過一個，而一個就夠多了。」

羅森老師指著「修正」這兩個字。他說：「所以，他們做了一些修正，修正的意思就是『改變』。權利法案被放在這十個改變裡頭，現在，這些改變已經成為憲法不變的一部分了。」

「好，我在這裡想說的是，這些人根本還沒同意憲法本身，就已經先提出了這十條原始修正案，而第一修正案被放在第一條是有原因的。它保證政府不能干涉宗教，不論是支持或反對。它保證人民可以自由的表達他們的意見與想法，就像昨晚那位喜劇演員。而且，它還說政府不能決定報紙可以寫什麼或不能寫什麼，因為那是出版的自由。」

艾德立刻明白了，他很快地舉起手。「那表示我們可以在《蘭德理校園報》上寫任何我們想寫的東西囉？」他問。

羅森老師說：「好問題。卡拉，妳覺得如何？你們能在《蘭德理校園報》上寫任何你們想寫的嗎？」

卡拉遲疑了。「我……我不確定。我是說，我以前從頭到尾都自己做，所以我想寫什麼就寫什麼。但現在，我……我猜如果某些人不喜歡我們寫的東西，他們可能會不讓我們用印表機或電腦。」

喬伊接著說：「要是我在家用自己的電腦，自己買紙和其它東西，那我就可以刊登任何我喜歡的內容，對嗎？」

夏蓉的爸爸是律師，她說：「是啊，但如果你登了一則跟我有關的謊話，我爸會去告你，然後，你的電腦就會變成我的了。」

羅森老師說：「你們提到的這幾點都很好。實際的情況是，當你出版一份報紙時，你就必須陳述事實。如果你被人逮到說謊，別人可能會去告你，把你弄上法院，就像夏蓉說的那樣。如果一家報社要發行報紙，擁有報社的人必須決定什麼可以被印上報紙、什麼不可以。」

大家安靜了一陣子。艾德問了一個大家也都在想的問題：「那麼，誰擁有《蘭德理校園報》？是卡拉，對吧？」

卡拉搖搖頭：「不完全是……不再是了。而且我覺得繼續叫那個名字有點好笑。我想，我們也許該換個不一樣的刊名。」

喬伊說：「我不這麼認為。那是妳創辦的，而且妳現在還是主編，所以我贊成繼續用原本的刊名。」

喬伊說著說著，卡拉就臉紅了。當全班用鼓掌跟歡呼贊同喬伊時，她的臉更紅了。

羅森老師把話題拉回來。「那麼，就這樣說定了……現在回到艾德那個是誰擁有報紙的問題……黎安？」

黎安說：「嗯，會是學校擁有《蘭德理校園報》嗎？我的意思是……學校買了紙和電腦等等東西，所以它屬於學校，是嗎？」

羅森老師微笑著。「你可以說學校擁有它，而校長是學校的主管。不過，校長是教育審議委員會僱用的，而教育審議委員會的委員是由你們父母和其他開爾頓居民所選出來的，是拿他們所繳的稅金來付薪水給校長和老師，並用來買所有的紙、電腦、印表機等，對吧？」停了好一會兒，羅森老師說：「當你在經營一份報紙的時候，有許多事情需要思考，不是嗎？」這堂關於憲法、權利法案與出版自由的課，就這樣告了一段落。

羅森老師像拿紳士手杖那樣拿著指示棒，彎彎拐拐地穿過那堆雜物，回到他的辦公桌。

班上又安靜了好一陣子。卡拉坐在那兒，盯著佈告欄上的權利法案，她很好奇《蘭德理校園報》究竟有多大的出版自由。

在她腦海深處漸漸形成的那個小小的疑問，總有一天，她會找出答案。

15 失而復得

十二月的第一個星期五，《蘭德理校園報》第九期出刊了，這期發行量超過三百七十份。

在辦公桌邊，邦斯校長仔細讀著他手上那份。當他翻到第三版時，邦斯校長總算看到他週復一週所盼望的。他夢想中的文章在版面中間非常醒目，一篇不該出現在學校刊物裡的文章。而且，邦斯校長確信多數的教育審議委員也會贊同他。

一個微笑緩緩地浮現在他臉上，也浮現在他心裡。邦斯校長已經開始計畫羅森老師的退休歡送會了。

卡拉．蘭德理很享受這段日子。《蘭德理校園報》不斷成長、改變，卡拉也是。在第四期時，喬伊必須要進行雙面列印了；從第五期開始，《蘭德理校園報》有了副刊，得用兩張紙印。

卡拉策劃著每一期，讀每一篇報導和專題，另外，她也協助其他同學修改與校訂。每週二，喬伊在電腦螢幕上排版時，卡拉往往得要刪修那些佔掉太多版面的文章或專題。

卡拉也得回絕那些她認為不該刊登在《蘭德理校園報》上的文章。像克麗絲就想開一個叫「發燒話題」的八卦專欄來談校園羅曼史，寫些關於暗戀、流言，以及誰快要被甩了之類的內容。當卡拉問到她那個專欄裡的內容是否會全部屬實，克麗絲只好同意，朋友間流傳的紙條才是這類消息最適合的去處。當喬許想要做個「五年級運動員最佳排行榜」時，卡拉告訴他說，這個排行榜除了男生之外，也必須包含女生。後來喬許改變主意，決定寫一篇在海上划愛斯基摩人的海豹皮艇的文章。

算算她必須為報紙做的這些事，再加上還有其它的功課要做，卡拉幾乎找不出時間來寫自己的社論。社論總是放在報紙的最後一欄，這也表示從第五期開始，它將被排在第四版。

《蘭德理校園報》的頭版內容是綜合新聞與快訊，包括頭條新聞、學校與地方活動摘要，還有每週的「家庭作業倒數」，裡面會列出最近五年級的考試日期和作業期限。頭版總是會放一張照片，如果還有空間，也會放進聯邦氣象局所提供的週末天氣預報，旁邊再加上阿倫畫的太陽、雲、雨滴或雪片等小圖示。

第二版是跟孩子密切相關的各式諮商或訊息專欄，例如這個關於寵物問題解答的專欄：

寵物通！

凱莉・薩納／輯

寵物通你好：

我有一隻雞尾鸚鵡叫做「丁狗」，牠只會說：「漂亮鳥兒、漂亮鳥兒、漂亮鳥兒……」一次又一次。我每天都花一個鐘頭跟牠說話，也試著教牠說些別的字，但牠都沒興趣。不論我對牠說什麼，不管我說了幾次，牠就只會說：「漂亮鳥兒、漂亮鳥兒、漂亮鳥兒……」我快被氣炸了。能給我一些建議嗎？

住在鳥國的抓狂人　敬上

抓狂人你好：

我想你的鳥是在生氣，因為「丁狗」是一種醜八怪澳洲野狗的名字。牠想確定你知道牠是一隻鳥，而且是隻漂亮的鳥。試試把牠的名字改成丁丁、超級鳥或飛飛，看看有沒有用。如果還是沒用，也許你該先想想你究竟為什麼要跟一隻鳥說話。

真心關懷你的寵物通

阿倫．羅傑斯開了一個專欄，他去訪問孩子們最喜歡吃什麼東西，還有如何促使爸媽去買。

甜點攻勢！
——獻給生命、自由與垃圾食物

阿倫．羅傑斯／採訪報導

倫：那麼，阿吉（化名），我聽說你已經精通某種方法，可以讓你媽媽每次去那家店都會買甜穀片早餐和果醬餡餅，連你沒有在店裡對她苦苦哀求，她還是會買。這聽起來實在棒得令人難以相信。你能跟我們分享一下嗎？

吉：相信我，那是真的。但這不會在一夕之間發生。這需要花點時間好好計畫一下。

倫：一開始該怎麼做呢？

吉：我問健康教育老師，哪一餐是一天中最重要的一餐？

倫：但你不是已經知道答案了嗎？

吉：當然。我知道她會說「早餐」，一旦她說了，我下午回家後就告訴我媽，健康教育老師說，早餐是一天之中最重要的一餐。

倫：哈！你這是在打基礎吧？

吉：正是。接著，我連續三天不吃早餐。我媽試著要我吃，但我只是說：「我們家現在有的這些，我都不喜歡吃。」

倫：那幾個早上你會餓嗎？

吉：我有請我的朋友小傑（化名）帶些吐司到公車站給我，所以還過得去。三天過後，我隨意跟我媽提了一下，說我想我可能會喜歡吃可可球，還有，巧克力或棉花糖口味的果醬餡餅也可能是我會吃的東西。隔天早上，它們就出現啦！就放在廚房的檯子上，像變魔術一樣。

倫：哇，阿吉，這絕對是個激勵人心的故事，而且我知道，我們的讀者會很感謝你跟我們分享你的經驗。

除此之外，還有每週書評、電玩密技、好網站推薦、週末影集精選等專欄。當耶誕節或光明節[3]即將到來時，則會有一個「節日倒數」的專欄，裡面還將列出五年級這兩班學生最期待收到的十種禮物。

湯米讀了許多書，並從四年級的時候開始收集他覺得好玩的俚語。最後他發現的俚語，竟然有一本字典那麼多。他問卡拉能不能讓他寫一個俚語專欄，卡拉說好，只要專欄裡所有的內容都是普遍級的就可以。湯米同意了，於是，一個叫做「俚語這東東」的專欄就此誕生了。

至於副刊，也就是《蘭德理校園報》的第二大張，其實是個大雜燴。如果有些好的專欄塞不進第二版，就會被排進副刊。每週固定有兩則連環漫畫和一、兩篇單幅漫畫，也會有短篇故事，以及孩子們造訪大峽谷、菲爾德自然史博物館等地的假期遊記。有學生詩作、笑話，還有黎安那個嚇到很多人的懸疑驚悚故事連載，每週都會推出新作。

那天是感恩節❹前的星期三。邁克・莫頓在下課後來到卡拉的置物櫃前找她，問說能不能拿一則他朋友希望刊登的故事給她看。邁克是個電腦達人，每週幫報紙寫「好網站推薦」，但他不太與人來往。卡拉說：「可以啊，邁克。我很樂意看一看。」卡拉把那疊紙放進背包，抓起外套，跑去趕校車。

---

❸光明節（Hanukkah）是猶太人的傳統節日，依據猶太曆來訂日期，大約是在十二月接近耶誕節時，為期八天。習俗上會點蠟燭、吃油炸食物，以紀念光明與油的奇蹟。

❹感恩節（Thanksgiving Day）是美國與加拿大的節日，原意是感謝上天賜予的好收成。在美國訂於每年十一月的第四個週四，放假兩天。

那天夜裡，卡拉想起有這件事，她從書包裡拿出故事，躺到床上讀了起來。那是用黑色原子筆寫的，只有兩頁。每一頁都有很多劃掉跟塗改的地方，而且作者運筆很用力，每張紙的背面都讓卡拉想起「點字」，那種給視障者讀的凸出來的字。

文章沒有署名，開頭只寫了標題：「失而復得」。整篇故事從這句話開始講起：「當我聽到爸媽要離婚時，我所做的第一件事是跑回房間，拿起我的球棒，把我的少棒賽獎盃打得稀爛。」

卡拉看得入迷。故事裡的主角是個男生，讓她驚訝的是，這男生的感受，和卡拉在爸爸離開時所經歷的，竟然這麼相似。一樣的生氣，一樣的盲目痛罵，而最後經過同樣的過程冷靜下來，面對現實。這故事並沒有滿載希望的結局，但這男生了解生命仍將繼續，而他爸爸和媽媽仍然像從前那樣愛他，或者更愛他也說不定！

當卡拉讀完，她溼了眼眶，幾乎無法呼吸。她注意到故事結尾的地方仍然沒有署名。這時候她明白了，這不是小說，而是真實的人生。這是邁克・莫頓自己的故事。

卡拉滑下床，她一邊用睡袍的袖子把眼睛擦乾，一邊往客廳走去。她媽媽在沙發上看電視，節目快要結束了，於是卡拉在她旁邊坐了五分鐘。

節目結束後，卡拉拿起轉台器把電視關了，然後把故事拿給媽媽看。「媽，妳可以幫我看看這個嗎？有人要我把它刊在下一期的報紙上。」

喬安娜・蘭德理摘下眼鏡說：「沒問題呀，寶貝，我看看。」

媽媽在讀的時候，卡拉注視著她的臉，她看到媽媽讀到結尾的時候，眼睛裡已經盈滿了淚水。

媽媽眨眨眼睛，轉向沙發上的卡拉說：「如果妳沒說，我會以為是妳自己寫了這個哀傷的小故事呢。我覺得這篇寫得非常棒，妳覺得呢？」每一期的《蘭德理校園報》卡拉都會帶一份回家，蘭德理太太則會自豪地把它們都貼在廚房的牆上。看到卡拉發揮天賦，自得其樂地把一件事做得這麼好，而且心存善意，總是讓她感動不已。媽媽一邊把那兩張沾了汙漬的紙交還給卡拉，一邊問：「所以，妳會把它刊出來嗎？」

卡拉說：「我不太確定。我想我還是跟羅森老師談談比較好。」

感恩節假期結束後，卡拉要媽媽提早送她去學校，讓她可以在上課前先把故事拿給羅森老師看。

羅森老師推了推他的老花眼鏡，把紙拿到窗邊光線好一點的地方。三分鐘後他看完了，他的眼睛亮了起來。「這個男孩完全掌握到那段痛苦經驗的本質。」他說著，一邊伸手去拿手帕。

卡拉點點頭，說：「所以，也許我不該把它刊出來，對吧？」

羅森老師低頭再次看了看這個故事，然後把它還給卡拉。「告訴我，卡拉，妳的想法是什麼？」

等羅森老師轉身走回座位，坐好，端起咖啡杯，卡拉才開口。「嗯，首先，」她說：「我確定這是個真實的故事，所以我覺得那好像是把一些家庭私事說給全校知道。有些人可能不喜歡這樣，例如爸爸或媽媽。離婚是個麻煩的課題，您不覺得嗎？我是說，這裡面寫到了他逃走，還有警察跑來他家這些事……」

卡拉停了一下，等著羅森老師的反應。他喝了一口咖啡，望向窗外，然後又看回卡拉的臉上。「妳說妳確定這是個真實故事，而這故事有刻意要傷害誰嗎？」

卡拉搖搖頭，說：「沒有，事實上，它對我真的很有幫助。」

一說出這句話，卡拉馬上臉紅了。

羅森老師假裝沒注意到，很快地說：「嗯，它對我也有幫助。」

「那麼，我應該把它刊出來，對吧？」卡拉說。

羅森老師說：「我很高興妳來跟我談這件事，但這是主編應該做的決定。我只能說，不管妳決定怎麼做，我都會全力支持妳。」

四天後，十二月的第一個星期五，在第九期《蘭德理校園報》第三版的中段，有一篇匿名作者寫的故事，叫做「**失而復得**」。

也就是這一篇故事，讓邦斯校長非常興奮。

16 困境或契機？

第九期出刊之後的星期一，羅森老師收到邦斯校長給他的一個褐色大信封，是由蔻米兒太太在上課前親自拿來給他的，因為怕他忘了去辦公室看信箱。大信封裡有兩份文件。第一份是一封邦斯校長給督學和七位教育審議委員的信，他要求召開一個臨時會議，以處理「羅森老師懲戒案」。信裡寫說：「羅森老師允許附件中的那篇文章刊載在由他指導的班刊上，而這份刊物在學校與社區發出三百份以上。」信裡其它的用詞還有：「缺乏專業判斷」、「無視個人隱私」、「不專業的行為」、「不當使用學校資源」，以及「未能體察社區的價值觀」。信後面釘著一份《蘭德理校園報》第九期第三版的影本，關於離婚的那篇文章特別被圈了出來。

大信封裡的第二份文件則是邦斯校長給羅森老師的信，通知他所可能遭受的處分。校長在信裡告訴羅森老師，這是一場公開的聽證會，他可以考慮請自己的律師陪同出席，而聽證會的訊息也已經發給學校教師會的秘書了。邦斯校長也提醒羅森老師，懲戒程序是可以避免的，他可以選擇安靜地退休，程序也會因此終止。信的最後，邦斯校長說《蘭德理校園報》必須立即停刊。

羅森老師跌坐在椅子上，修長的手臂無力的垂在兩側，感覺就像是肚子被踢了一腳那樣。失業的威脅是那麼真實，打從邦斯校長七年前來到丹頓小學，羅森老師就知道這樣的事情遲早會發生。羅森老師接著想：「也許這是我的報應。長久以來，我已經成了一個墮落的老師，說是半個老師還更貼切。少了我，這間學校的狀況可能會好很多。或許，我該接受這一切。」

但是，羅森老師非常清楚一件事：孩子們一點兒也不該受到這樣的對待。《蘭德理校園報》已經愈來愈好，但卻因為他自己的問題，而非孩子本身的緣故，讓邦斯校長把這份無辜小報當成攆走他的鞭子，這才是最讓他難受的地方。

不過，坐在椅子上，處在他那間雜亂的教室中，他的心卻逐漸穩定了下來。

他拋下自己的問題，開始思考要如何保護學生免於面對這種醜陋的情況。他要盡一切努力不讓任何一個學生覺得受傷或沮喪。當他開始為孩子考慮的時候，所有的沈重與負擔似乎都消散了。就在那時，羅森老師有了一個想法，他筆直坐起來。

他腦中形成的這個想法，簡單得難以置信。那是個可以保護所有孩子的計畫，也可以保護他自己，甚至還可以保護邦斯校長。

用兩個字就足以說明那整個計畫內容：教學。

最新一期的《蘭德理校園報》放在他桌上，就在邦斯校長的信旁邊。羅森老師把兩者互相對照著看，露出了微笑。要是換成其他人遭遇此事，可能因此而傷心、憤怒跟憂慮，說有多慘就有多慘，但他並不打算那樣。為什麼呢？

很簡單。因為他的學生將會把這整件事視為一個大型且刺激的學習體驗，一個關於憲法第一修正案與出版自由的體驗。

是誰要去把這個困境轉換成教育的契機呢？

就是羅森老師。

17 誰的麻煩大？

卡拉覺得糟透了。羅森老師剛剛跟全班說《蘭德理校園報》不能再出版了，至少現在不能。他把邦斯校長的信做成投影片，當他解釋所發生的事情時，全班都可以透過投影機看到那封信。接著，他秀出那篇關於離婚文章的投影片。

羅森老師說：「現在，讓我們把這件事徹底想清楚，這對我們每個人都很重要。」羅森老師眼光掃過黑暗教室中仰望著他的二十三張臉孔，他跟卡拉的視線交會了一下，又回到投影螢幕上。「你們有些人可能會想：『喔，如果我們沒有刊出這篇小故事，就什麼事也沒有了。』但真的是這樣嗎？不，不是這樣。因為即使不是這篇故事，也會有另外一篇故事、影評或書評是某些人不喜歡的。你們必須記得，刊出這篇故事是對的。它是篇很棒的文章，一篇勇敢的故事，而且我知道它讓許多讀過並思考過的人受益良多，還有許多人告訴我，那是《蘭德理校園報》到目前為止刊過最棒的文章。所以，第一件事就是，這份報紙不過是說出事實而已。」

聽羅森老師這樣子說，好像是沒錯，但卻絲毫沒有讓卡拉好過一點。她放了一份當期的報紙在桌上，思緒在她腦中不停地轉。她想著：「我應該要更懂事，我應該多考慮羅森老師，而不是什麼蠢報紙。我當初應該把那個故事交還給邁克・莫頓。我應該要更懂事一點才對。」當羅森老師關掉投影機，而夏蓉啪的一聲把教室的燈打開時，卡拉的注意力才又跳回教室裡。

在孩子們還因為光線刺激而瞇著眼的時候，羅森老師說：「有人認為，離婚是隱私，不能登在校刊上。因為我是指導老師，所以我是該為這件事負責的人，所以看起來是我突然有個大麻煩了。但是，我真的有麻煩了嗎？」

羅森老師走到佈告欄前面，拍拍權利法案的海報，並把指示棒停在第一修正案上。「現在是我有麻煩，還是其它東西有麻煩？」

羅森老師可以從孩子們的臉上看出，他們已經抓到這個概念。這時卡拉說話了，她說：「有麻煩的是第一修正案，是出版自由有麻煩。」接著，她皺起眉頭說：「但我還是覺得你也有麻煩。」

羅森老師感受到卡拉的關心，咧嘴笑笑說：「噢，我很確定，我們沒什麼好擔心的。我們一直都善盡本分，而現在，多虧了這個狀況，我們才可以用一種很少有老師或學生能用的方法，來學習出版自由。還有，我以前也遇到過麻煩，但我告訴你們，我認為這是我所遇過最棒的麻煩了。」

聽到羅森老師這樣說，有幾個孩子笑了一下，但是卡拉笑不出來。羅森老師走回教室前面，看了卡拉一眼。卡拉坐在椅子上動也不動，盯著她那份《蘭德理校園報》，緊咬著下唇。

回到位子上，羅森老師拿起一疊釘好的講義發給大家。「這是你們這節課的閱讀資料，跟著我看第一頁。」

接下來的十分鐘，羅森老師帶領著全班，照程序走了一遍，看看聽證會之前、聽證會現場和之後可能會發生的情況。他想讓孩子們了解到，沒有什麼神秘恐怖的事，也不需要害怕。他沒有把邦斯校長塑造成壞人，或把自己說成是受害者。他認為這並不是兩派人馬在互相對戰，只是兩種不同想法的爭辯，爭辯什麼是對的、什麼對最多人來說是最好的。

當羅森老師冷靜地解釋著這些事情時，卡拉稍微放鬆了一點。老師並不是刻意裝作很勇敢，卡拉感覺得出來，他是打從心裡對這一切感到振奮。當羅森老師瞇著眼睛，摩拳擦掌地說著：「這就像是我們要在自己的私人民主實驗室中胡搞一番啦。」連卡拉都忍不住笑了。

她翻著講義去看最後一頁，想要尋找線索，看這件事將會如何結束，但最後一頁只寫了兩個字：結論。以下空白一片。

其實那頁空白對卡拉是一種安慰。她很習慣看著空白頁，也習慣用「真」與「善」去填滿那一頁空白。所以對卡拉來說，最後一頁看起來充滿了希望。

18 不一樣就是不一樣

那個星期一下午搭校車時，喬伊坐在卡拉旁邊。他安靜的沒說半句話，卡拉也是。即使經過那些說明，她仍然覺得該為這些混亂負責，尤其是發生在羅森老師身上的事。有太多事需要想一想了。

喬伊打破沉默問了個問題：「所以妳無論如何會繼續發行這份報紙吧？」

卡拉搖搖頭，馬尾隨著她的頭擺動著。「不行，喬伊。如果我們不服從規定，那只會讓羅森老師的處境更艱難。」

他們又安靜下來，一人一邊望向窗外，就這樣，車子開過了兩站。接著，就像是操作木偶的師父精準地在同一時間轉動了他們的頭，他們望著彼此並在同一時間開口：「但那封信是說《蘭德理校園報》！」卡拉說：「它沒有說停止製作所有報紙！」

「我知道，我就知道！」喬伊脫口而出。「只要我們不在學校裡製作，也不要在學校裡發，就可以出版任何我們想要的東西，只要報導的是事實！」喬伊根本就是大喊著說：「為什麼呢？因為這是個自由的國家，就是這樣！」

卡拉握著喬伊的手臂，緊緊地握著，她的聲音也提高了八度。「你家有電腦，對嗎？」她問。喬伊點頭，卡拉繼續問：「你也有印表機吧？」

喬伊又點點頭，他說：「並沒有像學校那台那麼大，但是很好用，還可以彩色列印呢！為了縮小尺寸，我們得重新設計，但沒關係，反正那是一份新的報紙！」

卡拉繼續坐在車上前往喬伊家，連黎安、阿倫，還有艾德也加入討論。四分鐘後，他們已經無異議投票通過了艾德所想到的新刊名。在他們下車開始走最後一段路到喬伊家之前，這一份全新的報紙——《捍衛新聞報》的出版委員會，授予卡拉主編的職位。卡拉接受了，條件是這份新報紙要維持相同的座右銘：真與善。

星期五早上的自然課上到一半，蔻米兒太太跑來找卡拉・蘭德理。校長想要找她談一談。

幾分鐘後，卡拉坐在邦斯校長辦公桌的對面。卡拉很慶幸自己對這種事已經有過很多經驗了。她曾經觀察過好幾位憤怒的學校主管，至少在她四年級時，幾乎每週遇到一次。她還自己發展出一個稱為「抓狂級數表」的東西，抓狂程度從一級到十級。一級相當於「輕微震動」，而十級相當於「火山爆發」。從校長臉上的顏色、呼吸的頻率、鼓脹的鼻孔，還有他辦公室兩扇門都緊緊閉著來看，卡拉覺得邦斯校長應該是在八級——「噴氣外加熔岩流」的階段。卡拉很有禮貌地等著邦斯校長開始談話。

邦斯校長挪了一份《捍衛新聞報》到卡拉面前，並轉個方向讓她也看得到。頭條新聞的標題是：「**第一修正案為何擺第一**」。這篇文章剖析了《蘭德理校園報》、丹頓小學與開爾頓教育審議委員會三方在這起事件中的關連。邦斯校長承認那是很有職業水準的一篇報導。這篇報導誠實、公正，而且做到了這份報紙的座右銘。

邦斯校長清清嗓子說：「卡拉，妳跟這份報紙有什麼關係？」

卡拉不喜歡被當成小小孩。這份報紙的刊頭就放在頭版，就像邦斯校長的鼻子在臉上那樣的一清二楚，而且從卡拉坐的位置看過去，他的鼻子還真的是非常扁。報紙刊頭已經列出這份報紙的所有工作人員。羅森老師下午班的全體二十三個孩子，都想把名字列在裡面，而且每個人也都做了一些事讓《捍衛新聞報》能在破紀錄的時間內完工。卡拉和喬伊想到這個點子時，是週一的下午，而創刊號就在今天，也就是週五早上，已經準備好可以發送了。

邦斯校長雖然讓卡拉很想發飆，但是她並沒有失禮，也沒有生氣，連她的話中也聽不到諷刺或挖苦。她溫和地指著刊頭說：「每一個人為這份報紙做了什麼，都寫在刊頭上。我是主編。」

邦斯校長說：「我知道，但是，妳不也是《蘭德理校園報》的主編嗎？」

卡拉點頭說：「是啊，但羅森老師說我們得停止發行一陣子。」

卡拉已經清楚知道邦斯校長要把矛頭指向哪裡。她不想忍受冗長無聊的貓抓老鼠式的迂迴問答時間。卡拉想要攤開來談，她也想讓邦斯校長知道，她已經看穿他的目的了。

所以，在邦斯校長問出下一個問題之前，卡拉說：「您也許會認為這份報紙就是《蘭德理校園報》，只不過是換個名字而已。但是，邦斯校長，它不是。首先，《蘭德理校園報》是用學校的設備與資源，在上課時間寫作、彙整、印製。而《捍衛新聞報》則是在校外寫作，在私人住宅、用私人的設備與資源印製。」

「第二，《蘭德理校園報》是上課期間在校園內由學生發送給學生，而《捍衛新聞報》是由一群孩子在個人的住家，利用上學前或放學後發送給他們的朋友。」

「還有第三，《蘭德理校園報》是由羅森老師指導，從第二期開始到最後的第九期，羅森老師每一期都有看過。這份《捍衛新聞報》則是由刊頭所列出的這群朋友所構思，並獨立創造出來的，完全沒有大人參與。」

卡拉並不是要把邦斯校長推向「火山爆發」那一級，但是岩漿已經開始四處流竄了。校長瞪著她，並且用短胖的食指用力戳著那張報紙說：「小姐，妳是想告訴我，妳今天並沒有要在學校裡散發這份報紙嗎？但整間學校跟校車的地板上到處都是這報紙。」

卡拉溫和地說：「我們沒有帶任何一份來學校，真的。我們在每個校車車站幾乎都有朋友，今天早上報紙一準備好，就都發出去了。發報的時候，我們還特別留意要站在某人家的院子裡，而不是人行道上，因為人行道屬於鎮公所，就有點像是在學校裡一樣。不過，當我們把這些報紙發給朋友之後，他們要帶到哪裡去，嗯，我們就管不著了。」

卡拉傾身向前，指著喬伊加在頭版底部的那個小標誌。「我們還提醒大家務必要回收這些紙。」

卡拉在椅子上坐得更直一些，說：「啊！我知道了！下週我們會再加上一句『請勿隨意丟棄』，看看有沒有用。」卡拉停了一分鐘，漫不經心對邦斯校長微笑著。現在，校長連耳垂都紅了。

「對了！」卡拉很有精神地說。

「什麼？」邦斯校長問，聲音小到快聽不見了。

「如果您翻到背面，就可以在最下方看到我們的網址，這樣很酷吧？下週的《捍衛新聞報》就有網路版了，而我們這個網路版不會用到任何一張紙，完全沒有垃圾！這樣是不是很棒呢？」

邦斯校長不喜歡表現出情緒，尤其不想表現出生氣，那樣就不專業了。於是他用異常平靜的語調說：「是啊，那是個好點子，卡拉。那麼，請……現在出去，到前面的辦公室跟蔻米兒太太……要一份證明……帶回教室。出去的時候……請把門帶上。」

卡拉在兩分鐘後離開辦公室。邦斯校長的門還是緊閉著。

要不是怕違反秩序規定，卡拉・蘭德理一定會從走廊一路又蹦又跳的回到自然教室去。

19 溫暖的十二月

這幾年來，其他老師都不喜歡羅森老師，因為他太冷淡、太孤獨了。大部分老師都不認同他們班的失控狀態。對那些在這裡待比較久、看到羅森的教學專業逐漸流失的老師們來說，更是覺得難過，因為他們還記得昔日的那個羅森老師。

但《蘭德理校園報》吸引了每個人的注意。每個老師都親眼看著這份報紙從一大張，成長到兩大張，然後三張、四張。他們看到報內文章的書寫品質，而且大感驚訝。「是五年級學生！」在教師辦公室傳閱著這份報紙時，他們彼此談論著：「羅森讓五年級學生做這種工作耶！太神奇了！」

大部分老師都見過卡拉・蘭德理。他們知道這份報紙的成功，主要得歸功於她的努力與活力。但他們也知道，《蘭德理校園報》並不是偶然間從一四五號教室跑出來的，要是沒有羅森老師的經驗、引導與理解，《蘭德理校園報》無法成為現在這樣。

因此，當教師會代表收到懲戒聽證會的通知時，教師們便為羅森老師而集結起來。他們召開了教師會議，會中無異議通過提案，支持羅森老師。

史坦娜小姐也隨即寫了一份新聞稿說明當前情況。有個小組複印了八期的《蘭德理校園報》，連同一張新聞稿裝成一份，分送給大芝加哥地區的每一家報社、廣播電台與電視台。他們印製了刊有離婚故事的傳單，寄給開爾頓的每一戶納稅人，並問他們說：「有人必須為這篇故事被解聘嗎？」

由於羅森老師的太太在芝加哥教師會很活躍，大芝加哥地區的每一所國小、國中、高中，都收到一份說明這場聽證會和控訴的新聞稿。教師會長在芝加哥之聲電台發表一份聲明，說明這個案件，並指出支持言論自由與學術自由的重要性。

當然，羅森老師班上那些孩子的爸爸媽媽早就知道《蘭德理校園報》了。他們之中有很多人還自己拿去影印給祖父母、阿姨或叔叔們看，因此大家都可以看到羅森老師班上那些聰明孩子所寫的、所想的、所學到的那些令人刮目相看的事情。

一位《芝加哥論壇報》的記者進一步訪查後，知道這些孩子現在自力出版了一份不同的報紙《捍衛新聞報》，還推出了網路版。

四天後，《芝加哥論壇報》在自己的網站首頁放了一個免費連結，可以連到線上版的《捍衛新聞報》；三天之後，《芝加哥太陽報》也一起跟進。

後來，督學透過鎮公所的有線電視頻道，公告了聽證會的時間與地點。但在那之前，芝加哥的兩大報早就刊出多篇相關文章。《芝加哥論壇報》的週日特刊還訪問了羅森老師。有一位第九頻道晚間新聞的記者，也跑來艾吉華特村的公寓採訪卡拉・蘭德理。

卡拉不喜歡那次採訪和那位橘色頭髮的女記者。那是個寒冷又風大的下午，可是那位記者想要在室外談，說自己在自然光線上鏡頭比較好看。她喊著口令，要攝影小組和收音員在一叢綠色灌木旁邊就位。

她挑好最佳拍攝角度後，面向鏡頭，微笑著說：「我是裘蒂・

梅特林，在開爾頓的艾吉華特公寓為您現場報導。住在這裡的是卡拉・蘭德理，這位年輕小姐的報紙，目前正是地方上爭議的焦點。現在，卡拉，請告訴我們的觀眾，是誰讓妳因為這份報紙而惹上了麻煩？是妳的老師還是校長呢？」

卡拉沒想到會有這種問題，她呆住了。

記者收起笑容，放下麥克風，大喊：「卡！」她對著卡拉彎下腰，距離近到卡拉都可以聞到她髮膠的刺鼻味。裘蒂說：「現在這一段是我問妳問題，妳來回答，可以嗎？妳只需要聽清楚問題，當我把麥克風伸過去時，妳就講話，好嗎？」攝影師對記者倒數五秒之後開始拍攝，然後裘蒂問了卡拉同一個問題：「現在，卡拉，告訴我們，讓妳因為這份報紙而惹上麻煩的，是妳的老師還是校長呢？」這一次，卡拉準備好了。她覺得這就像在報紙上寫文章一

TV

樣，只不過她得用說的，她只需要平和地說出事實就好了。於是卡拉說：「都不是，而且我並沒有惹上麻煩，連這份報紙也沒有，真的。這件事只是對於什麼內容可以出現在學校的報紙上，有著不同的看法而已。」

記者將麥克風挪回自己嘴邊，然後說：「妳刊出這個離婚的故事，不覺得會造成一些問題嗎？如果那不只是個故事，譬如說，要是真的有這一回事，那某個家庭的家務事就會傳遍整個鎮。還有就是，有很多按時上教堂的人覺得離婚是件不好的事。妳不覺得那會是個問題嗎？」

卡拉對著鏡頭說：「我只是想讓某個人有機會講一個故事，而且我認為，讀了那個故事，對許多孩子會有幫助。」

鏡頭繼續在卡拉的臉上停了三秒，然後記者說：「卡！」她很快的握了握卡拉的手，然後突然轉身，鞋跟踢躂踢躂響地穿過了停車場，邊走還邊跟製作人講話。卡拉聽到她說：「現在我們需要一個學校的景，校長、督學和教育審議委員會主席各有十五秒，然後我們得找到那個他們想砍掉的老師。在最後剪接之前，我們可以回去工作室擺出幾張那個小孩的報紙，拍一個拼貼效果。泰德說他在地方新聞留了兩分鐘給我們，不過我們得盡量再壓縮一點才放得進去。」整個採訪小組擠進兩台白色廂型車往鎮上呼嘯而去。

卡拉很失望。她還以為會再多採訪一下。這可是個複雜的事件呢，但她才說了大約三句話，才五十或六十個字根本就不夠講。還有，那個記者是怎麼說羅森老師的……「那個他們想要砍掉的老師」？卡拉聽了就難受，她好希望自己利用上鏡頭的時間，多說一點話好幫羅森老師脫離險境。

喬安娜・蘭德理過來把卡拉的外套披在她的肩上。卡拉抬頭對媽媽笑了一下說：「現在我知道為什麼我比較喜歡報紙，而不是電視新聞了。」她媽媽笑著點點頭。「那個記者是有點強悍。不過，卡拉寶貝，妳還是講得很好啊。現在，我們進去避避風吧。」

督學室接到大量的電話，所以聽證會的地點從鎮公所換到高中大禮堂，以便提供足夠的空間給每一位想要出席的人。

聽證會前那十天裡，羅森老師和他下午的那個班，持續討論著每一項進展，以及它們與第一修正案的關聯。孩子們見識到報紙和電視大幅報導的影響。他們研讀了報紙上羅森老師的專訪，並跟卡拉的電視採訪做比較，然後再拿這兩者跟邦斯校長與督學受訪的內容做比較。他們分組進行辯論，並且在羅森老師的佈告欄上加了全新一層的剪報、漫畫與照片。

羅森老師好幾年沒有這麼高興過了。在聽證會那一天來臨時，他已經準備好抬頭挺胸的走進去，而他的所有學生都會出席。

對大部分人來說，這只是一場單純的懲戒聽證會，但是對羅森老師和他的學生而言，那是他們上過最有趣科目的最後一堂課。

20 絕地大反攻

十二月的某個星期二晚上，快要七點半時，羅森老師調整好他的領帶，親吻了太太，轉身走下高中大禮堂的觀眾席斜坡走道。禮堂講台上已經擺好一列折疊桌。羅森老師在跟邦斯校長相對那頭的第一桌坐下來之後，他轉頭看一看在場的觀眾。依他看，這地方大概坐了有四百多個人。

他太太在後排找了個座位，正朝著他微笑，充滿了溫暖與支持。他班上的孩子散在各處，和他們的爸爸或是媽媽坐在一起，還有些人的爸爸和媽媽都來了。卡拉和媽媽坐在第四排，當羅森老師看著她時，她害羞地揮揮手，緊張地笑一笑。羅森老師坐在台上，在整個大禮堂的最前面，這讓他有點侷促不安，但卻不覺得孤單。

有件事情，羅森老師並沒有跟班上的孩子討論過。也許出版自由將會在這場戰鬥中獲勝，但他仍然會丟掉飯碗。這並非不可能。

公眾的看法的確會造成很大的影響。報社的記者都到了，三大電視台也有兩家派了攝影小組來。但今晚的結局如何，還是要看教育審議委員會的投票結果。羅森老師知道這七個委員中，有三個很想要他走人，另外有兩個並不是很喜歡他。這將會是一場苦戰。

七點半整，督學宣佈會議開始。教育審議委員會的主席迪波利女士宣讀了開會的緣由後，先請邦斯校長發言。邦斯校長是提出這項審議案的人，因此由他先說。

「主席，」他開始說：「在十二月七日星期五，我讀到這份學生報紙最新的一期，我發現這裡面有一篇關於離婚的文章很不妥。如你們所知，我立刻就針對這篇文章向委員會和督學通報，而且顯然你們也同意這個內容並不適當。由於羅森老師已經決定對這份報紙的內容承擔起責任，因此你們同意召開這次懲戒聽證會。主席，能否請您向與會的人員說明一下，委員會認定這篇文章是有哪些不恰當的地方？」

當邦斯校長坐下時，迪波利女士貼近她的麥克風說：「好的，邦斯校長。我們發現，這個題材本身以及對這位男孩的痛苦的描述都太過私密，而離婚這個主題也太超齡了，不適合做為一份小學校刊上的題材。委員會認為，羅森老師准許這篇文章刊出，是在判斷上犯了嚴重的錯誤。有鑑於過去羅森老師擔任班級教師的能力與作法所遭受的種種質疑，我們同意有必要召開這場聽證會。」迪波利女士轉向羅森老師問說：「羅森老師，你是請了律師到場，還是你要為自己發言呢？」

羅森老師僵硬地站起來，用一支手持式麥克風說：「我將為我自己辯護，主席。」他跨步離開桌邊，對著審議委員們說：「對於《蘭德理校園報》中這篇文章所引起的議題，我的看法很簡單。沒錯，邦斯校長要我對這份報紙的內容負責，而我把這項責任交付給學生。邦斯校長的確有要求在每一期付印前先看過這份報紙，但被我拒絕了。對此，邦斯校長並沒有堅持要預先看過，而身為校長，他本來是可以這麼做的，但相反的，他卻把這項責任留給我。他沒有給我任何判斷題材是否合適的準則，教育審議委員會也沒有任何明確關於學生刊物的政策規定。根據最高法院的黑佐伍德案判例，教育審議委員會必須要為審查學生刊物訂定出一套明確的政策。」

羅森老師停頓了一下，看向邦斯校長。「所以就我看來，從來沒有人告訴我不該准許這件事，但我卻因為准許了這件事而遭到指控。或者就如剛剛主席所提到的，真正的癥結其實是那些對我過去教學方法的質疑。」

羅森老師走回他的座位，打開公事包，抽出那篇文章。「我想完整唸出刊在報紙上的那篇文章，作為本人聲明的一部分，以便讓所有的出席者，以及那些在家裡看地區電視台的民眾，能夠自行判斷這篇文章到底適不適當。」審議委員們趕緊低聲討論，並用手蓋住他們的麥克風。

討論過後，迪波利女士說：「羅森老師，既然那是你辯護的一部分，你有權唸出文章並列入記錄。」

這時，第六排的一位女士馬上舉手站了起來。迪波利女士對她點點頭，一個童子軍小跑步過去遞給她另一支手持麥克風。「謝謝主席。我的名字是艾莉・莫頓，我兒子邁克問說，能不能由他來讀這篇文章？他就是寫這篇文章的男生，他所寫的是去年我們家經歷的離婚事件。」

禮堂中每個人幾乎都驚訝得倒吸了一口氣，但卡拉沒有，她早就知道了。一週前，她曾打電話給邁克，希望他能在會議上讀他的故事。卡拉告訴他說，如果別人能了解這是篇真實的故事，那會對羅森老師有幫助。邁克一開始說不要，他覺得到時候他會非常害怕，但在跟他媽媽討論過後，他回電話給卡拉說，為了羅森老師，他願意這麼做。現在，卡拉坐直了身子，密切注意接下來的發展。

委員們經過另一次緊急討論之後，同意由邁克・莫頓唸出他自己的文章，並列入記錄。他從第六排的許多膝蓋跟椅背間擠著走出來，走下坡道後來到羅森老師站著的地方。羅森老師把文章拿給邁克，並幫他拿著麥克風。邁克把蓬鬆的棕色頭髮從眼睛前面撥開，看了一眼坐在第六排的媽媽，還有在第四排的卡拉・蘭德理。為了避開電視台攝影機的強烈燈光，他稍微側了身，把注意力集中在那張紙上。吞了吞口水之後，他開始唸了起來。

失而復得

當我聽到爸媽要離婚時，我所做的第一件事是跑回房間，拿起我的球棒，把我的少棒賽獎盃打得稀爛。

我有一種想要逃跑的感覺。我有一堆朋友的爸媽都離婚了，但我從沒想過那樣的事會發生在我家。我有一種失落感，而這種感覺將會毀掉一切。

我媽跟我說，我爸會搬出去住別的地方。她不斷地說著「別擔心」、「不會有事的」，還有「這種事難免會發生」之類的話。她說我還是可以去看我爸，隨時想要跟他講話也都沒有問題，但我不相信她。

我爸帶我去一家餐廳，他想跟我談談。他說我不會了解的，因為他只是不再愛我媽而已。他說對了，這正是我不能理解的部分。我的意思是說，有時候我會對我媽或我爸大喊：「我恨你！」甚至有段日子我會有一種厭惡所有人的感覺。但我並不是真的討厭，而且很快的事情又都變好了。我知道我不可能不再愛我爸，也不可能不再愛我媽。所以，我不明白我爸怎麼會不再愛我媽了。而且，我想如果他可以不再愛我媽，那他也可能會不再愛我。

當爸去結帳的時候，我跑出餐廳躲到停車場邊的矮樹叢裡。我看見他跑出來找我，大喊我的名字。他真的嚇到了，真的很著急，而我覺得很高興。我看著我爸進到車裡開始撥電話，然後開動車子朝我們家去，開得非常快。

我也開始走，走去我朋友喬許家，但他不在。於是我繼續走、繼續走，等我到家的時候，天早就黑了，還有一輛警車停在我家門口。當我走進去，我媽衝過來要抱我，但我不讓她抱。我爸說我要倒大楣了，我被禁足了。但我卻回他說：「你要怎樣把我禁足？你根本不會留下來看我做的任何事情。」然後我回到房間，用盡全力把門甩上。

那是大約一年前的事。後來我爸還是搬出去了，現在他已經再婚。我不曾真的逃跑，連一個下午也沒逃跑過，但我常常在半夜的時候哭。我知道有些小孩會覺得這樣很懦弱又沒用，但我實在忍不住。有一天，我媽下班後很晚還沒回家，她既沒有留話，辦公室電話也沒接。當時我很害怕，衝進她房間檢查她的衣櫃，看衣服是不是還在那裡。這樣做的確很蠢，但我很擔心她是不是也搬走了。

有時候我不像從前那麼快樂，但我盡力不要表現出來。我覺得我媽現在已經快樂多了，但要是我變得不快樂，那也會把她的狀況搞糟，然後我們兩個都不會好過。

現在的情況只是不一樣而已，也沒有很糟。我這才發現我媽一開始說的都是真的，因為真的沒有什麼壞事發生。而當時她說：「這種事難免會發生。」那也是對的。我現在知道，像這樣的事情就是會發生，因為我自己就遇到了。

我也發現，我爸還是愛我。我知道他甚至還愛著我媽，只不過不是那種夫妻的愛罷了。也不是說我常常跟他見面或什麼的，並沒有。除了每個月固定一個週末之外，他並沒有每天跟我在一起或陪我入睡。但我知道他還是愛我，我就是知道。有些時候、有些事情，僅僅是知道就足夠了。

當邁克唸完時，整個禮堂的人已經四處在找手帕跟面紙了。現場爆出熱烈的掌聲，邁克在掌聲中回到座位。坐下之後，他媽媽用手臂圈著他的肩膀，用力摟了他一下。

等現場再次安靜下來之後，羅森老師說：「謝謝你，邁克。」

然後他拿起邁克剛剛唸完的文章說：「怎麼會有人說，這個是不適合國小學生去閱讀或思考的內容呢？離婚這種事對孩子來說是切身相關的問題，而一些家長和其他心存善意的人，像是邦斯校長或是我們這些處處為小孩著想的人，就算不願意承認這點，問題還是照樣存在。要是孩子都誠實到足以承認這點，為什麼我們不能？」

「我的教學風格的確不合常軌，從七年前邦斯校長來了之後，我跟他一直在這方面意見相左。在那段期間，我有可能變成一個更好的老師嗎？我承認有這個可能。但與這份報紙有關的這些事，包括允許刊出這篇文章，這都是我十九年教師生涯中，做過最好的一些事。如果我必須被解聘，拜託請挑個別的理由，不要是這個。」

在這個有電視攝影機圍繞、記者振筆疾書，還有四百個人站起來鼓掌的禮堂中，應該解聘讓群眾喝采的那個人嗎？包括邦斯校長在內，每個人都知道，這絕對不是個好主意。

經過不到一分鐘，當觀眾還在鼓掌與歡呼時，迪波利女士很快地請審議委員們進行表決，隨即宣佈結果並列入記錄。結果就是：對卡爾．羅森老師的懲戒案，取消。

先前，卡拉．蘭德理遵照羅森老師的要求而停止發行《蘭德理校園報》。不過，忙於《捍衛新聞報》的同時，卡拉並沒有停止寫《蘭德理校園報》，也沒有停止印製。當群眾開始離場時，卡拉從她在第四排的座位轉身往後看。

喬伊和艾德站在禮堂北側的兩個門口，黎安和夏蓉負責南側的那兩個門。他們在發送《蘭德理校園報》的特別版。

卡拉伸手從她的外套抽出一份，走向被記者圍繞的羅森老師。卡拉把報紙放到他手中，他一句話正講到一半，就停了下來。他看著報紙，看看卡拉，再低頭看看報紙。卡拉就站在他身旁，安靜地看著他讀完。

這份特刊只印了單面，標題只有一個：**羅森是無辜的！**而僅有的內容則是一篇社論。

【編輯台觀點】

新聞的用心

《蘭德理校園報》選擇了「真與善」這個座右銘，是為了自我提醒，好的報紙必須兩者兼顧。一份填滿無情尖銳事實的報紙就像冰山，粉碎了所有迎面而來的東西；一份單從溫情與友善角度看事情的報紙就像水母，軟弱而沒有決斷力。從一開始，

《蘭德理校園報》就試著做一份平衡的、心存善念的報紙。

我上學到現在已經第六年了。有幾年是溫和而友善的，有幾年是艱苦而無情的。這主要看我遇到哪一種老師而定，同時也取決於我自己。

今年是目前為止最棒的一年。今年有個良善的心，因為，今年帶領我們的這顆心，是羅森老師。

在編這份報紙時我們注意到，羅森老師十五年前曾經連續三年被選為最佳教師。我們確信，過不了多久，羅森老師將會再次成為年度最佳教師。而對所有參與《蘭德理校園報》的孩子而言，他已經是了。

以上就是本週的編輯台觀點。

主編　卡拉・蘭德理

國家圖書館出版品預行編目資料

蘭德理校園報 / 安德魯 · 克萊門斯（Andrew Clements）文；黃少甫譯 .-- 三版 . -- 臺北市：遠流出版事業股份有限公司 , 2024.12
面；　公分 . --（安德魯 · 克萊門斯；5）
譯自：The Landry News
ISBN 978-626-361-979-1（平裝）

874.596　　113015088

安德魯 · 克萊門斯❺

蘭德理校園報
The Landry News

文／安德魯 · 克萊門斯　譯／黃少甫　圖／唐唐

執行編輯／林孜懃　內頁設計／丘銳致　出版一部總編輯暨總監／王明雪

發行人／王榮文
出版發行／遠流出版事業股份有限公司　臺北市中山北路1段11號13樓
電話：(02)2571-0297　傳真：(02)2571-0197　郵撥：0189456-1
著作權顧問／蕭雄淋律師
輸出印刷／中原造像股份有限公司
□2009年4月1日　初版一刷　□2024年12月1日　三版一刷

定價／新台幣300元（缺頁或破損的書，請寄回更換）
有著作權　侵害必究　Printed in Taiwan
ISBN 978-626-361-979-1
遠流博識網 http://www.ylib.com　E-mail:ylib@ylib.com

The Landry News
Original English language edition : Text copyright © 1999 by Andrew Clements
Published by arrangement with Simon & Schuster Books For Young Readers,
an imprint of Simon & Schuster Children's Publishing Division
All rights reserved. No part of this book may be reproduced or
transmitted in any form or by any means, electronic or mechanical,
including photocopying, recording or by any information storage
and retrieval system, without permission in writing from the Publisher.

Chinese translation copyright © 2009, 2024 by Yuan-Liou Publishing Co., Ltd.
ALL RIGHTS RESERVED